多纳尔·瑞安

旋转的心

王琳淳 译

上海文艺出版社

谨以此书纪念丹·墨菲

鲍比

我的父亲仍住在路那头鱼梁边的小屋里。那小屋曾是我长大的地方。如今，我只是每天去看看他死了没有，而他每天都让我失望，至今一天都没落下。他总对我微笑；那该死的微笑。他知道，我就是来看看他死了没有。他也知道，我知道他知道。他的笑总是那么扭曲。我若问他是否一切安好，他就只是那么笑着。我只好和他对视，直到他的恶臭把我熏走。祝你好运，我说，明天再来看你。你会看到我的，他回答。我知道我会的。

低矮的院门中间，一颗金属红心穿在一根转轴上。

上面的漆已经剥落，看不到多少红色了，得把它刮一刮，磨一磨，重新刷漆上油了。不过在风中，它倒还是会转的。随着我离开，它发出嘎吱、嘎吱、嘎吱的声音。这颗斑驳的、嘎吱作响的旋转的心。

等他死了，我就能得到小屋与剩下的两英亩地。早在许多年前，他就喝光了爷爷留下的农场。等把他埋了，我就烧掉这座屋子，在灰烬上撒泡尿，再尽可能以高价卖出这两英亩地。他多活一天，卖价就低一分。他心知肚明，所以才尽可能活着膈应我。他的心脏早已糊了泥似的，肺也皱缩成漆黑两团，可他竟然还能把空气吸进去，呼哧呼哧地拉两下风箱，再咳嗽着吐出来。两个月前，我被公司遣散了，对他而言，这无疑是最见效的良药。我看这剂药给他续了至少六个月的命。要是给他知道宝奇·伯克还骗走了我的钱，肯定得痊愈了。宝奇要是积了这个大德，倒可以申请去行宣福礼了。

我有什么不相信宝奇·伯克的理由吗？虽说我刚开始在他手下干活的时候，他还很小，比我小三岁，不过这整片的人都在他老爹手下工作，大家除了嚼嚼舌根之外，对这位老板都毫无怨言。宝奇·伯克的原名叫让·保罗，是他父母在他受洗时随着教皇的名字起的。可之后他们带着新生儿回家时，他才不到两岁的哥哥伊蒙就是要叫他宝奇，而所有人都顺着伊蒙，跟他一起叫，于是小让·保罗就只好一辈子顶着宝奇这个名字了。不仅如此，要是后继有人，他死后仍会被这么叫。

去年那天，迈奇·布莱斯过来追讨退休金的时候，我早该察觉到不对劲了。兄弟们，你们知道咱口袋里应该有笔不小的退休金吗？不知道呀，迈奇。没错，就是那群叫 SIFF 的人该付的。一笔不小的退休金，不是国家付的那笔。**另外**的那笔。迈奇伸出左手，好像端着什么看不见的、他理应收到却并不存在的东西。他那根骨瘦如柴的手指拍打着风吹日晒、犯着皮炎的皮肉，敲出一长串待收物品列出清单。他黄色的眼睛里泛着眼泪，是被人利用、劫掠的泪。始作俑者还不是个大男人，是个乳臭未干的浑球。正因如此，他才无法善罢甘休。

他去拍打活动房屋的门，拍到宝奇开了一条缝，往他身上扔了个信封。正当迈奇伸长脖子，要像头老山羊般顶他的时候，宝奇砰一声又把门关上了。迈奇又老又硬的头盖骨把门都顶裂了，眼看着就要散架。里面的宝奇肯定吓尿了。给我他妈的退休金，你个狗娘养的！迈奇不断咆哮着。给我他妈的退休金，还有剩下的养老金。给我出来你个没种的，看我不杀了你。他嚷完之后还在工地上横冲直撞，掀翻手推车，扯掉模壳，抡起铁铲四处挥舞。我们一哄而散，都躲了起来，除了可怜无辜的蒂米·汉拉汉。他只是站在那里，咧着嘴笑，一如既往一副傻样。

等老迈奇·布莱斯在蒂米·汉拉汉无辜年轻的脑袋左右各拍了一铲子之后，我们才终于制服了他。我们把迈奇锁在装逼肖尼的丰田海狮后备厢里，等他清醒了才放他出来。接着我们把号啕大哭、血流不止的蒂米拉到西斯那里，给他灌了一晚上的酒。迈奇·布莱斯眼神终于柔和了下来，对蒂米说对不起，说自己一直很喜欢他，他是个好小伙，只是自己刚才以为他是在取笑他。我不会笑你的，迈奇，蒂米说。我知道你不会的，孩子。我知道你不会。

宝奇给我们买了第一轮的酒。当晚，我们没有一个人掏钱。可怜的蒂米没过多久就把胆汁都吐出来了，我们咒骂了他几句，当然，是出于好意，他反倒破涕为笑了，头上的血结了块，变成一片薄薄的血痂脱落下来，之后我们便塞给他一包薯片、三包面粉裹香肠，还有一份足以杀死他的脑震荡，让他独自走回家去了。

时至今日，他一只眼球还有点不自然，仿佛跟不上另一边的同志似的。但蒂米不以为意，就算屋里有镜子，他也极少去照。再说了，就算他没以前灵光，又有谁会说什么？又有谁会在意？铲屎搬砖不需要用脑子，只要照着那个獐头鼠目的矮子说的做就行，他照样在白天狠命使唤你，晚上笑话你，永远不会付你养老金。

这才是最要命的。我们都去取过养老金，结果闹了个大笑话。养老金？什么养老金？他没有为任何一个人缴养老金，什么金都没缴过。我给窗口那个金发小姑娘看我的工资单。你看这个，看了就知道我工资已经扣了哪些税款：社保金、预付税、所得税、退休金。她举着单子，皱了皱鼻子，好像我刚拿这工资单擦过腋下似的。怎么说？我问。什么怎么说？这事儿怎么说？没什么好说的，先生。我又不是宝奇·伯克的员工什么的，看不见他们的电脑。你从没问你的雇主要过 P60 吗？这又是什么东西？你真是个笨蛋，她的眼睛说。我知道，我就是，我涨红的脸颊答道。我想，她可能快开始同情我了，可抬眼一看我背后长长的一排傻瓜——装逼肖尼、无辜的蒂米、胖子罗里·斯莱特里还有其他男孩手中都抓着肮脏的工资单，她开始心疼自己了。

池奥娜并不嫌弃我被人看笑话。亲爱的，你去那儿干什么呢？被骗的又不止你一个。他骗了所有人。我可爱、亲爱的池奥娜，嫁给我真是委屈她了。她本可以在那些趁势富起来的男孩里随便挑选。那些建筑师、律师、拍卖师统统拜倒在她石榴裙下。她却义无反顾地选了我，就好像是故意踩低那些人似的。那天晚上，镇上的舞厅打烊之后，她把手放进我的手心，这事儿便定下了。从此以后，她从未放手。她比我自己还了解我的潜力。她造就了我，就是这样。她甚至还让我的父亲也软下心来。你怎么追到她的，他很好奇。她不会和你在一起的。你配不上她。你就是她生命中的那道坎，他说。所有女人都要经历这么道坎。没错，我想，我母亲就是这样，只是直到去世，她都没跨过这道坎，扭曲，纠缠，耗尽，最终精疲力竭，油尽灯枯。

如今我也穷得叮当响。苍天啊。头两年我还挺风光的，自我感觉混得不错。做工头的时候，我周入一千，十分稳妥。房子不断拔地而起。每当看见人们推着和我家宝贝差不多大的婴儿在下面村庄里散步，我就想：真好，我们是在建设未来，总有一天这些孩子也要买房的。虽然我们都知道宝奇是个浑蛋，但我们并不在意。他是什么样的人干我们什么事？反正银行愿意借钱给他盖房子就行了。几年前，坎利夫家的那个男孩刚入土，他的老姨就抢占了那块地，分给了几个大佬，我们当时都觉得自己他妈的终于走上人生巅峰了。

那可怜的孩子比我们所有人都看得明白。我记得那天他们把他推到山顶墓园，在把他送去葬在他父母中间的路上，潘罗斯一家正好将独腿的小尤金推上街。尤金往灵车上吐了口痰，那一坨恶心的凝块从侧窗上滑下。就算他死了，尤金都不想放过他。我对他印象深刻，记得他常被人拳打脚踢，而我只是在旁边笑。他是你见过的最安静的男孩，从不装逼，也不说脏话，可最终却被人像疯狗般射杀。所有人都很满意，因为大家都恨他。比起我们自己的所见所闻，自己心中的想法，我们更相信报纸上所说的。我们都想要恨他。因此，他毫无希望。

之前在学校里，我和其他帅小伙一样灵光。我的英语、地理和历史都非常好。物理和数学的那些公式对我来说也简单易懂。然而，我一直都没表露自己的能力，因为这在我的圈子里无异于自杀。我数学是及格的，但我知道自己本可以拿荣誉奖。我也从不在英语课上张嘴。村里有个男孩有次写了篇文章，得到了帕西·罗杰斯的高度赞扬，说他表现了极高的天资与想象力。结果他被人一路踢回村子里。

我早看透了李尔王，在老师给那些笨点儿的兄弟解析前我就知道：他是个愚蠢的浑蛋，坐拥一切还不知满足，想要全世界都跪舔他。我也早就看死高纳里尔和里根是两个臭婊子，我也知道寇蒂莉亚是唯一真正爱他的人。她不会对他说谎，无论他有多想听她的谎言。你只是人而已，她说，你不完美，但我爱你。寇蒂莉亚是真心实意的。这个世界上的寇蒂莉亚不多，池奥娜就是其中之一。我之前连自己都不知道我害怕质问乔西·伯克，是她告诉我的。虽然我占着理儿，但我竟还是怕他。

宝奇·伯克总是让他爸妈给他擦屁股。那位老大哥当时说他不知道宝奇在哪，但我知道他在撒谎。他欠我钱，乔西，我说。是吗？他不是付了你一笔不菲的工资了吗？他站在自家大门前的第三级台阶上俯视着我。我可能手里还捏着帽子，还称呼他先生。我的养老金。我的老年金。我的遣散费。我听见自己的声音在颤抖。这是国家付给废物的，他说。去镇里的值班办公室吧。接着他一言不发，只是鼻孔朝天地俯视我。好嘞。好嘞，我会去的。我没说我已经去过了，大家都去过了，结果只是发现宝奇把所有人都甩在泥潭里，自己却跑了。我本该告诉他，我去找过税务员、福利调查员还有工会，他们会立刻让宝奇无言以对，但我之前没说，后来也没说，只是转身离开，因为自己的人设崩塌心痛不已。

池奥娜说别理他们，连想都不要想了，伯克那一家人看似冠冕堂皇，实际上不过是利用他人的骗子。现在大家都看清他们的真面目了。整个村子都知道他们干了什么好事。你兢兢业业，大家都知道。他们也都仰慕你。一旦事情顺利起来，他们就会争先恐后地找你帮忙。这里谁人不晓只有你能让那群疯子保持理智。除了你，还有谁可以做这些人的工头？还有谁能踹起胖子罗里·斯莱特里，让他干一天活？还有谁能阻止装逼肖尼自慰？透过无形的泪水，我笑了。我受不了自己。我受不了她在恐惧中还要保持微笑，哄我看开，就像哄一个板着脸的大孩子。我真希望上帝能让我用她想要的方式和她对话，别再让她猜我在想什么。为什么我总找不到合适的词句？

好嘞，好嘞，好嘞。一个没有自知之明的懦夫。这就是突然一无是处的滋味。

昨天一整天，我都在想着怎么杀死我的父亲。要杀人总是有很多办法的，特别是杀一个衰弱的老男人，很容易假装成自然死亡。反正也不能算是谋杀，只能算是大自然的优胜劣汰罢了。他体内只剩下恶毒。我可以拿个垫子或枕头压住他的口鼻。他的手可能会胡乱摆动，但我只需轻轻将它们打下去，不会在他身上留下任何印记。他早就没力气了。杀他的时候，我不会看他的眼睛，因为他一定是在嘲笑我，我很清楚他会这么做的。即使死到临头，他仍会说我只是个没用的蠢货，只是一泡尿，给他蒙羞而已。他不会求饶的，只会用那双黄色的眼睛嘲笑我。

从小我就很嫉妒装逼肖尼。每次我去肖尼家时，在他家门口的拐角处就能听见笑声。他父亲的模仿秀总逗得他们捧腹大笑，母亲则一边做饭，一边叫他们闭嘴，别犯傻了，但她自己也在笑。我很少会留在他们家吃饭。每次我留下，肖尼和他的兄弟姐妹都要吃很长时间，因为他们笑个不停。他们的父亲瘦长和善。他的微笑很妙，总是让你觉得暖烘烘的。你知道他体内只有善意。他有一大叠《爱尔兰特色》老杂志，吃饭的时候他总要找这些杂志，因为他唱歌的时候需要它们。虽然他边打拍子边唱歌时，他们都会翻白眼，好像感觉很恶心似的，但实际上所有人还是一起拍手合唱《咯吱咯吱的泥塘》《升起的月亮》《出来！你们这些黑色棕色的人》。那幢房里的欢乐、温暖与笑声让我的灵魂都扭曲起来。我几乎无法忍受一半留在那里，一半还沉浸在自己家那寒冷、阴沉与凝厚的沉默中。我怨装逼肖尼能有这样一个父亲，恨他身在福中不知福。

在祖父农场的遗嘱认证结束之前，我父亲是滴酒不沾的。一天，保利·杰克曼往财政部发去一张支票支付遗产税，再把祖父剩下的积蓄用现金支付给了我父亲。当天，我的父亲就去了西斯·布里恩那里，点了一杯尊美醇和一杯啤酒，统统喝下去再吐出来。当时西斯也还年轻力壮，给了他一记老拳清醒清醒。他花了好几个月才把自己训练成一个酒鬼。他不达目标绝不罢休，对任何恳求和责备充耳不闻。西斯酒吧的老保安笑他，谈论他，津津有味地观赏他。他们以前只闻其名，不知其人。据说他是个小农民的儿子，安安静静，从不酗酒，也从不大声喧嚷，是个人畜无害的呆瓜，结果他喝光了一整个农场。他们爱他，或者爱想到他，他们是这样想的：这个可以轻而易举过上好日子的人，却选择了他们充满怨毒、苦涩的人生。他选择坐在黑暗、布满蛛网的乡村酒吧里，喝着污迹斑斑的玻璃杯里掺了水的威士忌；他选择了肮脏的马桶，撒着带血丝的尿，最终早早死去。他本无须沉沦，却自甘堕落。他们情不自禁，爱他堕落到比他们还不如的境地。他是垃圾中的王者。他给自己不喜欢的人买酒，听他们夸夸其谈，说着沉闷下流的故事。他黑洞洞的眼睛总让人误会，以为他极其渴望那些他只看作寻常妓女的人。他花了快五年的时间才喝光农场，而自从喝光的那天起，他便滴酒不沾。他根本不爱喝酒，真的。那些老保安为他的离去心痛不已。他们不能理解他，而他没再看他们一眼。

　　他喝酒败光农场只是为了辱没他的父亲。因为祖父说过，喝酒是唯一他肯定不会做的蠢事，因此，我父亲才反其道而行之。我**至少**可以肯定的是，他不会喝光这个农场的，祖父如是说。我想，就是那个"至少"让我父亲怨气横生。它似乎什么都没说，却又道尽了一切：祖父是在说他一无是处，什么蠢事儿都干得出来，但他不喝酒也没喝过，所以至少他还有那么一点几乎可以算是优点的地方。于是，我的父亲铁了心要给死人一个下马威。他最后一次喝完酒，我送他走回家的时候，他说，我一个子儿也没了，如果我们现在去我爸的坟地把他挖出来，他一定面朝下躺在棺材里。接着他笑了，笑着笑着咳嗽起来，咳完又笑，尿从他的裤管流下来，而他还在大笑着，一进家门就倒下了。第二天，他醒来之后头脑清醒，从此滴酒不沾。

我可以原谅他将一堆钱全都变成尿，也可以原谅他将我妈独自留在地狱中。做弥撒时，她总是窘迫地缩在最后一排；穿过村子时，她总是低着头匆匆赶路，偷偷摸摸的，害怕与人交谈；在库尔卡帕之外，她坐在破车里流着挫败的泪，离合器烧坏了，引擎在冒烟，后座的孩子在哭喊，而他只是安静地坐着，那安静吞噬她请求的声音。但我不能原谅他的愠怒和毒舌。我们人生的每一天都被这两样东西毁了。喝醉的时候，他斜睨着你，不说话，往往就这么睡着了。清醒的时候，他是个旁观者，从不漏掉任何细节，对任何事都有意见发表。只要在他身边，那你没有一件事是做对的，没有一个菜是烧好的，没有一句话是说对的，没有一样东西是买对了的，你递给他的方式永远是错的，衣服永远是熨坏了的，没有一件事是有头有尾的。和他同处一室，我们连呼吸都是错的，更不能轻松自在地说话。我和我的母亲常把对方惹恼，但是他让我们不敢对视，以防他以为我们在背后谋划什么。为了解决这个问题，我们再也不对视了，几年之后，我们连话都不说了，将她下葬的那天，我恨不得跳进地里，把她拉回来，对她尖叫，回来，回来，我们一起去买东西，我会牵着你的手，我们再也别管爸爸了，就算他说我娘娘腔，我也会为你拣一束花，放在你的柜子上，我们会叫他滚远些，我们会把所有这些年的老去、死去与愚蠢至极的沉默抹去，重新来一回母慈子孝、亲密无间。

我一直都知道宝奇·伯克有点怕我。池奥娜说她第一次见我的时候，我也一副**危险！生人勿近**的样子。她说话总是那么可爱，没人能阻止她拿到英语荣誉奖。她说，那天我倚在小镇迪斯科的吧台旁看着她，她朋友说，那个该死的浑蛋，有什么好看的，但是池奥娜知道，她的朋友生气是因为我一眼都没看她。啊，别看他，苍天啊，那个朋友说，他家里一塌糊涂，他们住在茅棚里，他爸是个变态，他妈从来不**说话**——但是池奥娜还是报以回赠的目光，当我仿佛怒视着她的时候，她知道其实我是想对她微笑，当我和她走在回家的路上，几乎一个字都没有说的时候，她知道其实我是慑于她的活泼可爱，当她说我们到底要不要亲热一下时，我感觉自己再也无法动弹。

宝奇·伯克曾疯狂追求过她，他们之前亲热过几回，但是他极为粗鲁，不仅咬她的嘴唇还狠抓她的胸罩，我永远不会原谅他碰过她。虽然他任命我为工头，每周还递给我一个装有两千零五十的信封，他还是怕我，而我则怕自己会杀了他。尽管如此，他需要我，我讥笑他，我们所有人都叫他鸟人，但现在他远走高飞，不知在哪里晒着太阳，躲避银行和税务员的追查，甚至可能还在泡洋妞呢。而我留在这里，像个孤儿，无路可走，恐惧像潮水般，淹满我的小船。

有老婆是件好事。你会对她说出一些你自己都想不到的话。当对方仿佛是你的一部分时，这些话自然而然就倾泻而出。有一次，我们去镇上看了一场戏，名字我忘记了，反正这种事情没老婆就做不了。要是被别人发现你自己一个人去看戏，想想就不寒而栗！和女人一起，做这种软绵绵的事情就有了借口。戏里是一个男人和他的妻子，两人分坐在舞台上桌子的两边，他们面向观众，谈论着对方。那个男人和我父亲差不多，只是没他那么坏而已。那个妻子很好，她对那男人的自私无比厌倦，但还是坚守在他身边。她对着观众数落他的时候，他就坐在那里，喝着一杯威士忌，实际上是红色柠檬水，烟抽了一支又一支，大嘴咧到耳根子。对于她的每一句批评他都狡黠地回应。在舞台上的他们，说着说着便老去了。我不知道这是怎么做到的。最后，风烛残年的他们快走到了人生尽头，在最后的最后，那个男人转过来，承认她就是他的世界，他一直都爱着她。他的手抚上她的脸颊，看着她，他哭了。天啊，这真是个好演员。开车回家的路上，我泪流满面。池奥娜直说，哎哟，亲爱的，哎哟，亲爱的。

乔西

比起二儿子，我偏爱大儿子。我一直在想是否该去找神父忏悔，好净化我的灵魂。但是，偏爱到底是不是罪呢？这是不对的，好吧，这我知道。作为补偿，我把一切都给了二儿子，包括我的公司。我花了好几年教他运营，还给了他即使搞砸也足够维持公司运营的资本。可怜的伊蒙去都柏林圣三一大学时，手头的钱都不够交房租。但这两人都够聪明，明白自己的位置在哪里。一想到伊蒙，我心都要化了。我真不明白，为什么我对宝奇就没这感觉。我甚至让伊蒙剥夺了他的名字。**宝奇**，他边说边用胖胖的小手指着新生儿，我们都笑了，说他很棒，从此让·保罗就永远消失了。这可怜的孩子从未有过选择的权利。

鲍比·马洪那天来的时候，我应该从楼梯上走下来的，他来问宝奇去哪里了，养老金和遣散费那些的怎么说。我应该和他握手，告诉他，很抱歉留下一副烂摊子，而不是当着他的面砸上门。我应该代表我的儿子向他道歉。其实我是因为生自己的气才砸门的。我根本不敢看他的眼睛。鲍比·马洪从没旷过一天工，我一直都很欣慰在宝奇接手之后，他能来当工头。我感谢上帝有个人能让宝奇安分守己。宝奇可怕鲍比·马洪了。我觉得，他甚至希望自己可以成为鲍比·马洪。我还觉得，他每次作决定之前，都会问自己，如果是鲍比的话会怎么做。令人羞耻的是，他孤注一掷地贷款，就为了造那个没人买的巨型小区，还买了迪拜某幢破楼的股份。他没告诉任何人。我本应握着鲍比·马洪的手，感谢他，向他道歉，而不是让他气愤、失望地红着脸离开。

想到宝奇我就觉得恶心，恶心他，也恶心自己。难道不是我把他养大的吗？或许问题就在这里，我基本把他交给艾琳去管了。抚养自己的孩子难道不是神圣的使命吗？当然，可我却将一切本末倒置。我把给钱错当养育。我工作成癖，赚的钱虽时少时多，但总是够用的。我从没进商店买过东西。艾琳帮我买裤子、衬衫、鞋子、袜子甚至内裤。每次打开我的晾衣橱，她都只能闻到一股臭气。我之前总是高高在上地送她昂贵的圣诞礼物。上帝啊，让我收回这一切吧。我愿意用我的一切财产，甚至付出更大的代价，只要让我回到某一天、某一刻作一点点小小的改变。我会在时间里捉住宝奇。我会捉住我自己。

我养的鸡满肚肥肠。艾琳说我给它们留了太多玉米。她不知道的是，我还会捉卷心菜上的毛毛虫，把它们喂成一只只死胖子。它们一见我来了，立刻就扑打起翅膀。我敢说它们是爱尔兰最肥最快乐的鸡。对了，我还有个女儿，只不过我跟她话不投机半句多。我曾以为她是最可人的甜心，可现在我宁愿捉毛毛虫喂鸡也不想和她说话。我到底是个什么样的人呐？如果你听见她的胡言乱语，什么贫穷啊，巴勒斯坦啊，二氧化碳啊，西藏喇嘛啊之类的，你会怎么想——她不戴胸罩，穿男人的军装裤，还套一双臭靴子，你要是看到她的线条，也会宁愿去看鸡的——面对她，我毫无愧疚之情。我是不是个烂人？

六十年代的时候，我去利物浦做砖瓦匠。当时，我给一个从南蒂珀雷里来的大胖子打工。他是个极差劲很无知的男人。我刚到那儿，还没找到安顿的地方。结果我一下船，他就让我去干活。我问他，那我住哪，他大笑，笑得油腻又邪气。去你妈的住哪，我不知道，他说，我不管，反正早上七点就得准时开工。那天晚上，我坐在一座锁了的教堂门前的石阶上，冻得瑟瑟发抖，每个黑影都让我心惊胆战。我不知道那是不是新教徒的教堂。我也想知道这又有什么区别。我很快就学会了砌砖，而且从不惹事。我几乎从来不喝酒，酒精会榨干人的体力，让他们忘记自己。我立刻超过了那个卡希尔的胖子。我自己独立出去干，每样活我都兢兢业业地做。我带了四五个绝对不会与我争执的男孩。那个鸟人在利物浦的所有生意都被我劫走了，最后在沃林顿的一间酒吧门前，他发心脏病死了。酒客出来的时候都踏了他的尸体。听说这件事之后，我笑了。可再仔细想想，我又觉得很病态。但至少有人听见并记住了我的笑声。我是个狠心的人。

回家之后，我一刻不停地工作。我买了一个院子和一块地，在上面造了座房子，买了各种机器，娶了艾琳，然后就是工作、工作、工作。我从不停歇。整个七十年代和八十年代，我连呼吸时间都没有。我在一块好地上造了一片小屋子，当时还没有人搞私人住宅区。我是第一个带动这种风气的人。有段时间我开始酗酒，大概六个月吧。至今我都不知道为了什么。最后我逼着自己去搞一个女人，但她很轻松就脱身了。我只好嘲笑她几声，悻悻地继续回去喝酒，却也看见了其他男人眼里的满足。那一刻，我知道是时候戒酒了。我常想找到那个我粗鲁对待的女人，对她说声对不起。我常想她是否知道，当时我把婚戒藏在口袋里，而家里怀孕的妻子正在为我哭泣。我想知道，她是否还恨我。

乔西·伯克也是我父亲的名字。那时候的规矩就是二儿子要沿用父亲的名字。二儿子得到名字，大儿子得到其他的一切。父亲教导我们，要憎恶不诚之人。他总是说，魔鬼爱撒谎，魔鬼也爱撒谎的人。宝奇不是从我这里学会骗人的。他从没给那些男孩付过养老金。难以想象。我以前每年一月结束前都会交的。如今，财政部的人嚷嚷着要我交增值税，包工头们每天都带着账单上门，而那些只知道工作的老实人们，因突然停工的一系列后果而吓得脸色煞白。每当我在想大家在想什么、说什么时，我都能听见胸膛里的心跳声。我感到一阵沉重，紧绷。我就像一根水管，汹涌的水流把我撑开，让我变得扭曲。汗水刺痛我的额头。艾琳什么都没说。还有什么好说的？她的沉默给我安慰。要是她怪我的话，一定会说出来的。自己的孩子变成浑蛋又能怪谁呢？

问题就在这里。他是变成浑蛋的呢，还是一开始就是浑蛋呢？无论如何都是我的错。避无可避。毕竟，我是他的父亲。归根结底，他的本质也好，后期成长也好，都与我息息相关。他的坏肯定不是遗传自她的母亲，这是肯定的。伊蒙和宝奇从小就讨厌对方。长大后，他们怎么会这么不同呢？我已经尽量不厚此薄彼了，我甚至还在心中默默计算他们坐在我腿上的时间，我举起他们的次数，我对他们微笑的次数。然而，宝奇眼尖得难以置信，尽管那差别微乎其微：他却能注意到每次我看着伊蒙，轻拍他的头，捏他的小胖腿。他的脑海中有一本账簿，记录着我的一举一动，而这些账目永远不会偏向他这边。我开始讨厌他，几乎是憎恶他。我的确憎恶他。上帝原谅我，我应该忏悔的。可怜的老约翰·科特，每次他都要合上忏悔室的百叶窗，之后再看到我时总是满脸通红。我只能跑去城里的熙笃会，那里没人认识我，也不会有人再见到我；或者去莫罗斯的那些方济各会修士那儿，他们每次都立刻帮我与上帝和解，却从来不给我时间与自己和解。

宝奇出逃的事，我对伊蒙只字未提。他不知道他欠下的一大笔债，包括英国人的、财政部的、那群人的养老金、他们的遣散费。他什么都不知道。我怕他生气。我羞于让自己的儿子谴责亲弟弟的恶行。伊蒙在城里教书。他极受欢迎，别的老师、年轻的学生们，还有他妻子的亲朋好友都极喜欢他。耶稣啊，没有他我怎么办？很快我就不得不告诉他了。下次他和伊冯娜还有孩子们来电时，他会一如既往地问，宝奇来吗，而我没法对他撒谎。我希望自己别哭得像个傻瓜。最近我的泪袋离我的眼睛实在太近了。那个鲍比·马洪和我的伊蒙从很多方面来讲都很相似。他们都是你能引以为豪的男人，站在他们的对立面你就会觉得无地自容，告诉他们其他人的丑事时，就好像是在讲你自己的一样。

然而，没有一个人会说这整个滑铁卢不是我的错，这点是肯定的。是我把生意全权交给宝奇的。我只留下了自己的房子和退休金。但有那么七年时间，就算用纸板和胶带造房子，你的楼花也会立刻销售一空。人们会排上一整夜的队，只为买像养狗场的笼子那样挤在一起的盒子般的房子。宝奇的楼盘售罄。他给我分红，我也饱食终日，坐享其成。我们都早该知道，这一切最后只会以眼泪收场。在这里，一切都始于眼泪。那个坎利夫家的孩子在自家院子里被射杀，他的土地归到他阿姨名下，他的阿姨又分给了我们，我们就像拿着主耶稣紫袍的罗马士兵那样。这怎会是个美好的开始。

莉莉

我在医院生下我的第五个孩子时，有个长舌的产婆问我父亲是谁。我一不小心说漏了嘴。他们给我下的药都淹到我的眼球了。我那个答案肯定让那个丑老太婆心满意足了。好几周之后，伯尼冲到我家来。没想到流言经过那么长的时间，才传进他毛茸茸的耳朵。他像头公牛似的冲进来。我记得他笑得像个大傻子。我还以为他是来看看自己孩子的。他什么也没说，只是冲着我的脸揍了一拳。接着他抡起那只大拳头，又对着我的嘴揍了一拳。你这愚蠢的臭婊子，他说，蠢到家的臭婊子，我应该杀了你的。我的嘴唇裂开，鲜血涌出来。我的门牙掉了。他扔给我一张二十镑的纸币之后又冲出去了。我的眼睛肿了起来，挤成一条缝，晕成一团黑。从此，他再也没找过我。

几天之后，我在"不谢"面包房碰到了吉姆·吉尔德警队长。在我等切好的蛋糕时，他低头看着我，有些畏惧。我的脸还包着纱布。他不想问我，我也不想他问我。你怎么了，莉莉？我摔了一跤，吉姆。我看见他松了口气，从他眼中，我看出他知道我在撒谎。他很感激我的谎言；他可能会记下这个人情。

这儿找过我的男人很多。那些年，我家门口总有窥视的眼睛。它们无法与我对视，来的时候充满饥渴，走的时候充满愧疚。那些充满笑意的眼睛，把我当成一个笑话；还有充满眼泪的眼睛。我见过充满憎恶的眼睛，而我一直不懂为什么那些男人恨我。我从不怪他们来找我这件事。他们必须做男人该做的事。自然掌控着他们。有些老农民，只要你能忍受他们身上的味道，其实也很可爱。只不过，那味道真的很难叫人喜欢。我甚至还给一两个洗过澡——他们可开心了——就像老宝宝似的，四处溅着水，用他们柔软的牙龈和硬挺的肉棍对我笑。牛粪总比狗屎或人屎好多了。有次一个人来到我家门前，醉得站不直了，说着一口粗重的英格兰口音，衬衫的尾部全是屎。他肯定是在某个肮脏的厕所用衬衫擦了屁股。我服侍他时，感到从所未有的郁闷。

在我只有十一岁左右的时候，男人们就开始垂涎我了。我身上有某种特质让他们目不转睛。我很早熟，当时很多女孩都很早熟。所以我身上一定还有些别的什么在吸引男人的眼球。很久很久的以后，我才知道那是什么。我是个**狐狸精**。我长得就像狐狸精般娇媚。现在还这么娇媚吗？我怎么知道。我觉得基本不是了。这是多年前的一个夏天，我在林地小径遇到的年轻男人告诉我的。当时我在找牛蒡，而他穿着松垮的短裤，露出的两条细白腿大步走着，窄窄的背上挂着一只小背包。当时我的大儿子小约约在我旁边，这个小不点儿，满嘴叽叽歪歪地埋怨着，还想学我唱歌来逗我笑。他的父亲也这么逗。我记得有次他在利物浦从摩托车上摔下来，摔了个狗吃屎。或许是这事儿太久远了，我一点也不觉得他可怜。

为了兑现送他一包我小花园里摘下的混合香草的承诺，我带着那对细腿的主人回到我的小屋。我刚把小约约放进后屋去玩玩具，他立刻就扑到我身上了。小宝宝们都睡得很沉。一分钟都不到就完事了，他喘着气说，天啊，你真是个**狐狸精**。你说我什么？他慢慢地、耐心地给我解释这个词的意思，就好像我是个天真的孩子似的。之后的几年里，他时不时来找我。我想或许是我让他觉得自己更高大更聪明吧。他每次走的时候，总会顺带拿走一包香草或一罐子腌菜。在他心里，他留下的钱**就是**这些东西的报酬。

我只拒绝那些让我真正觉得恶心的男人。就是那些即使你愿意，他还是更喜欢强迫你的男人。只有一次，我拒绝了一个好男人，因为我知道他很善良，害怕他因此厌恶自己。他把自己折磨到不成人形。他不了解自己，虽然装作冷漠麻木而恶毒，但他做不到。他还是那么善良，但他以为这种善良是他的弱点。他就是这么被抚养大的。他给自己灌酒，希望醒来之后就是另一个人。在卡尼的弗洛里科斯酒吧外，他试图勾搭我。我骑出老远之后，只能寄望于某个农夫能载我回去。一骑换一骑，几乎和《圣经》上说的一样。我知道如果我跟他走了，他一定会悔恨一辈子的。我知道他爱透了他的妻子。当时她在家安胎待产。我几乎就让他得手了。我真的希望他得手。几年之后，我或许会出于报复心毫无芥蒂地这么做，但当时我把他从我身上推下去，照着他的睾丸就是一腿。在此之后的很多年，我看见他从弥撒回来，带着他的妻子、两个儿子和小女儿。我想他没有认出我。在卡尼的那天晚上，我想他看见的并不是我。

很多人叫我巫婆。我并不介意。我并没有优雅地老去，而是看上去比我的实际年龄还老上许多。风湿性关节炎让我浑身都疼得厉害。疼得我蜷起来，缩成一团，小小的、嶙峋的一团。有一半的时间，我看上去就像是被割伤的猫。男人们再也没来过。就连我的孩子们也一个电话都没有。毫无疑问他们都以我为耻，而我却为他们付出了这么多。我的女儿们远在英格兰。我的二儿子休吉和一个贱货结婚了，而她却把我看作她从鞋底刮掉的垃圾。他们有个我只见过一次的女儿。上帝啊，抱抱她都让我心颤，我血中的血。他们叫她米莉森。米莉和莉莉。多美的名字！我的三儿子是城里的一名律师，而我的小约约只是游手好闲，从不离我太远，但也不会太近。

他就是要让我更可悲，我的小约约。另外几个不会与我往来，只有小约约很偶尔会来一次，咆哮着，怒吼着，哭泣着，颤抖着。毕竟他是个酒鬼。他已经不再俊朗，脸肿了起来，看上去像面糊糊。看着他帅气的棱角渐渐磨平，我的心都碎了。我站在门口，用开衫毛衣紧紧裹住自己。有时，他从我身边冲进去，找到壁炉最上层架子上的罐子，拿走里面所有的钱。他不知道，我放在那里的钱本就是给他的。我知道自己对他期望太高。我的小约约，我的小男子汉。因为我太早看出他小小身体里藏着的男子汉，我把他毁了。我想他觉得自己必须恨我才能得到救赎。

的确，我几乎每天都看见马洪家的那个男孩经过这条路去他父亲那里。我听见他们门上那颗旋转的心，吱嘎吱嘎地慢慢转动。那声音随着树叶的推波助澜，一路飘浮着传到我的耳朵里。这让我想起我自己干枯的关节，我灼痛的髋骨，我吱嘎作响的双膝。那个男孩长得很俊，很高，一头金发，就像他的母亲。他的老父亲是他沉重的枷锁，但他只继承了他母亲的良善，我从他身上看不到一点他父亲的影子。或许他心里的确有些遗传自他爸的东西，只是他隐藏得很好。每次路过，他都会向我致意。他向我挥手，微笑着喊我的名字。啊，他真是太灿烂，太美好了。如果我不是忙着做**狐狸精**，下定决心不绑在一个男人身上，我一定会嫁给他这样的男人。

他的母亲让我记忆犹新。她常会花些时间与我相处，不像这里很多其他人，总是在心里抬高自己，觉得和我有云泥之别。现在他们其中的某些人也从云端落下来了。我看见他们在村子里，相互摇头，仿佛不敢置信，还把一切怪罪到其他人头上。我不知道她的死因，但她的死讯让我极其痛心。那时候，那个男孩已经长大了，但他走在路上的时候看上去就像个小孩子，像幽灵一样苍白，双眼因哭泣而深陷。那天他来到我的厨房，喝了一口茶。谢谢你，莉莉，谢谢你，莉莉，他不断说。他和他的妈妈疏远了，我知道，但我什么都没说，只是告诉他，她回家了，总有一天他会再看见她的。悲伤与悔恨让他软弱，这些是最可怕的情绪。他离开前，我轻吻他的脸颊。我为他祝福，可怜的孩子。后来，他和一个可爱的女孩结婚了。

男人和女人之间的引力总是难以言喻。甚至是不可言说的。我怎会为了伯尼·麦克德莫特那样一个肥头大耳的杂种犯傻？每次看见他，都让我身心软弱。比起照料我的孩子，我甚至更想取悦他。如果他叫我把他们其中一个从桥上扔进湍急的水坝，我想我可能也会照做。除非他叫我扔掉的是小约约。我头一次在体内感受到他的时候，就知道我最后一个孩子是他的。从一开始，他就让我置身地狱。每天早上太阳升起之前我就起来了，恶心反胃，边哭边喘气。他给我带来的痛苦让我整整九个月都举步维艰。因此，我其他的孩子都被我彻底忽视了。如果不是小约约，他们都要在饥饿与尘土中融化了。直到我大得像座房子一样时，伯尼·麦克德莫特才发现。你该不会他妈的要生了吧？他说。是的，伯尼，我说。我肏，我以为你只是变肥了。你怎么知道哪个男人是爸爸？我说，伯尼，是你。我？哈哈哈！掉进一床荨麻的人怎么会知道扎他的是哪根刺呢？最近一年里，我只有你一个男人，我告诉他。他当下就一拳打在我的肚子上，怒气冲冲地掀翻了梳妆台。我所有的陶器，连同母亲留给我的布拉格男孩全都摔碎了。小约约从后屋里跑出来保护我，但是伯尼·麦克德莫特抽得他往后直退，最后又滚回门那边去了。他之后就再也没来过，除了我在医院说出他名字之后，他来给我脸上添彩的那次。

麦克德莫特一家都是魁梧的农民。要是他们知道这个婊子的儿子是城里的律师，而且还是他们的亲戚，他们一定会因为他聪明的头脑**与恶毒而瑟瑟发抖！他的聪明是我培养出来的。我给他钱，让他一天不落地上大学。我给他买了所有的书，还有年轻人喜欢的潮流服饰。他毕业的那天，我站在那大房子外面，透过窗玻璃，眯着眼往里面看，只想看看自己能否看见他。每个学生都有两张毕业典礼的票，他把一张给了他的女朋友，一张给了女朋友的妈妈。我只想看一眼拿着卷轴、穿着学士袍的他。只要他能拥着我，和我拍一张照片，我就心满意足了。我会把它印出来，裱好框之后挂在门廊里，让每个访客一进门就看到这张照片。我的确很傻，傻到让骄傲进驻我的心。之后我还是继续供着他，让他攻下了都柏林更高的学位。那从未被允许与我见面的小女朋友还有她的妈妈也参加了**那一次**的毕业典礼。

我爱我所有的孩子们，就像燕子热爱蓝天那样，在这方面我别无选择。就像那些来到我家门前的男人，我也被天性牢牢掌控。漆黑的夜里，我为他们哭泣，总是醒来喊着他们的名字。我不知道他们为什么都要逃离我。我永远不会成为他们的负担。我知道有种药剂可以让我立刻进入梦乡，永远不再醒来。我已经调好了，一旦再也无法掌控自己的身体或思想时，我就会把它喝下去。没有人会为我的死而悲伤。小约约会过来搜刮房子里一切可供售卖的东西。然后他会在西斯·布里恩那儿喝得酩酊大醉，因为人们都会因为同情给他买酒喝。这是不是很恐怖？在一辈子为了他，为了他们所有人出卖灵魂之后，我竟落得这般结局？神啊，这是为什么？谱写我人生的总不是我自己吧？如果在离世时你能这么说，那你真的会有许多话可以说。

瓦西亚

这片土地没有一块是平的。全是小小的山坡与隐匿的山谷。看不见的鸟儿在歌唱，它们藏在树里或是在被遮蔽的天空飞翔。视野是封闭而狭小的。每天都下雨，让草地常绿。就连冬天的草地也是绿的。无论往哪个方向，一段短途之后就会看见海。某个周日，我和一个同事和他的家人一起去了海边。我驻足观望海浪拍打海滩，看得太久了。我听见他的孩子问我在干什么。他叫她噤声。他的妻子则数落他把我一起带来。她以为我听不懂。她既是对的也是错的。我听不懂他们的话，但我懂他们的意思。

在这个国家，我都是用两三个词组成的句子在交流。我常常点头微笑。有人和我说话时，我感觉自己的脸很红。每天我在建筑工地干活的时候，工头会指着各种东西，扬起眉毛问我是否明白。这种时候，我基本都知道该做点什么。他们讲话很快。我母亲的母亲也是这么说话的，只不过用的是我家遥远的北方一个牧鹿人部落的语言。她总是对我们的山羊、牛和马充满好奇。小时候，我们总嘲笑她怪异的举止和飞快的舌头，每当此时我父亲就会从帐篷里出来追我们。我们会被放逐到篝火的外围，那里正是冷热交战的场所。即使这样，我们也还是会笑，我父亲就会在帐篷里面大声警告我们。他很喜欢我母亲的母亲，甚至在祖父死讯传来的时候，他一路向北，把她接过来和我们一起住。

工头的声音很柔软，与他的外貌形成了鲜明的对比。他比我年轻，却让我想到了我的父亲。大工程已经没了，但还有很多事情没有做完。一个月中有几天他会叫我帮他去修缮之前的豆腐渣工程。

这里的人们叫我俄罗斯人，因为几乎所有其他的人都来自俄罗斯以外的国家。我并不介意。在我出生的平原上，所有人的脸对于外国人来说都是一样的。那些拉脱维亚人因此很生气，总是抱怨这种怠慢。其实还是让他们去比较好。俄罗斯和波兰人说得一口好英语，总是试图解释我们的不同。这里没人听说过哈卡西。那些工地上的爱尔兰人一整天都在笑，边干活边拔高声音对工地另一头的伙伴叫嚷。有一个叫小泥的，他会抽我的肩膀，用唱歌般的声音大叫，逗得其他人哈哈大笑。我则微笑着低头，看着手里的活，我脸上火辣辣的。我觉得他应该没有恶意。

有时我心情好的时候，会故意扮傻。在工地上，我会模仿爱尔兰人的惊叫。要是有个工具或机器我不太会用，我会把它放下，站起身来，大叫*俞他娘的臭破烂儿*！那些爱尔兰人会用震惊的眼神看着我，再对视一眼之后便大笑起来。*瓦斯男*，他们这么说，边笑边摇头。我起初觉得很开心，之后又为自己扮小丑去取悦别人感到耻辱。我离父亲家太远，离我弟弟的坟墓太远了。

在那个失业男女去的办公室里，一个女孩问我要一串数字，还有养老金，还有我雇主的名字。我都能听懂，那些词我之前都听过。宝奇·伯克？她叹了口气。我沉默着看着她，耸了耸肩。她翻了个白眼，然后对我笑了，但那是一种抱歉的微笑。我听不懂她说的那些话，但是我听得到她声音中的善意。那个女孩看着屏幕的时候，我背后的小泥一字一顿地在我耳边大声低语：喂，头儿，她是说，你……不……存……在！整排的男男女女都笑了。

我父亲的牧群很小，分散在一片平原与一望无际的山谷里。这些不够支撑我们所有人的生活所需，所以我和弟弟一起往南走，来到一个像一片脏水塘一样向外扩展的城市。我们住在一个由镀锌金属和废木料做的小屋子里，不远处有一座在建的高楼。它的地基比我认知范围内的海洋还要深。我根本看不见底。我和弟弟把石料搬去石匠那里，路上要走过那些悬空的木板。每天，我们都比前一天更勇敢一些，其他人开始尊敬我们。你们这些羊倌还不错嘛，那个老板说过这么一句话。我先是骄傲，之后又觉得自己愚蠢。我的弟弟一定是理解错那句话的意思了，以为那是一种侮辱。他放下自己背的东西，照着那人的脸就打了下去。其他工人们急于想讨好老板，开始转而攻击我弟弟，对他拳打脚踢。我一直打到脸上鲜血如注，流进我的眼睛、嘴巴，连我拳头上的皮都擦破了，疼到极点。等我把弟弟从危险区域中拖出来时，他几乎已经不省人事了。我从街道上往回看，发现那些打我们的人已经转身，重新弯下腰去工作了。我弟弟揍的那个胖子揉着自己的下巴，指手画脚地叫嚷着指挥他们。

第二天，我弟弟离开了小屋，买了一瓶脏伏特加，这是由街对面的男人用大桶和偷来的蒸馏器组合在一起的蒸馏装置酿出来的。那晚他唱着断断续续的民谣，一半是来自我们的童年。他毫无乐感可言，就是大声嚷嚷着那些歌词，把人们从睡梦中吵醒。闭嘴，阿凡纳西耶夫，你个白痴，躲在棚屋里的人叫。可是没有一个人敢站到他的面前。他从我身边摇摇晃晃地走开，我想抓住他，把他带回屋里，可他摔倒了，在我上去帮忙的时候他把我推开了。他额头上的包一点也没有消退。第二天，一个当地的民兵和一名普通的警察来到我们泥泞的街道，寻找维克多·阿凡纳西耶夫的亲戚。那个民兵脖子上挂着一把粗短的步枪。他就像摸宠物那样摸着它，一边让我跟他们走。维克多被发现的时候，尸体躺在市中心两栋房子中间。他又挨揍了，最终在鲜血中窒息而死。没了弟弟，我再也回不了家了。

我听有些人说想去西欧。我问怎么去，他们给了我一张纸，上面有几个名字、地址和电话。那是四年前的事了。刚到爱尔兰的时候，我很快就学会怎么以最快的速度找工作。我从别人那里听来各种词汇和短语，它们让我受益了一段时间：**不入账、台底交易、黑工**。人总是能通过仔细观察他人学会一些本领。我在两个城市打过工，之后便来到了这个村子。这儿有工作，也有清甜的空气。我给宝奇·伯克打了将近两年的工。现在我用自己存的钱买吃的，付房租，有时候再给工头打打工。鲍比。他说我是最得力的"泡腿"小弟之一。我不知道这什么意思。我只是微笑点头。

我已经熟知村庄附近的路。我知道怎么去码头，就在一汪平静的湖边。那里有木质的椅子，可以坐在上面欣赏水景。傍晚的太阳将这水变得绚烂夺目，仿佛不应存在这沉闷世间。这光是一场骗局：如果我游过去，或者划船过去，用手去抓住这光，它立刻就会消失，只剩下黑暗冰冷的水留在原地。湖的对面有另外一个与我所坐的一模一样的地方。空气变潮的时候，遥远的水岸好像大了，近了，背后的暗色山丘也是。空气干燥的时候，它又远去了，成了汪洋对面的另一个国家。当它看似就在可以轻松游到的地方时，我会想象自己试图游过去，但半路上又因为四肢肌肉紧张而无法动弹；或者因为发现自己误判了距离，被那地貌与光线欺骗而恐慌。岸上没人能看见我在挣扎，没人能听见我的呼救。

从码头离开的路陡峭而曲折。房子藏在长长的大道尽头，两侧列着古老的树木，我想象人们住在那里，代代繁衍。那些人居有定所，在某个特定的地方生根发芽，血脉相连。我想到我父亲的帐篷，还有成群的牛羊跨过几千英里的广阔土地。我想象自己回到了家，成为一家人的负担与耻辱。我得在养牛场询问往哪个方向走才能找到父亲的帐篷，而那些人则会一脸鄙夷地问我回来干什么。我的父母不会拥抱我。我只能留在这里。在这里，我有路可走，有干净的空气可以呼吸。我有安静的湖，有在水面舞动的光。

有一次，在熟悉这里的路之前，在知道这片土地会自己旋转之前，我走出住所，出门散步。我讨厌这里的住客，他们整晚地喝酒，大叫，大声唱各自国家的歌曲。一个邻居站在我们门口，我听见他说宝宝、宝宝什么的。其他人都安静下来，面带愠色。没有了歌，他们喝得更凶了。我决定朝初升的太阳走。过了马路，远离一排排的轻木与薄砖堆成的房屋，我来到一片树木环绕的空地。空地的另一边有条河。我的眼睛又被欺骗了，于是我走进中心的湿坑，又爬了一个小坡，再下坡向河边走去。牛群站在泥泞的边缘，喝着水。它们又肥又胀，满得要爆开似的，该给它们挤奶了。这儿的草又厚又长。我很羡慕它们。我踩着圆圆的石头过河，爬上了河对面的浅滩。我一直在向正东走，穿过许多片空地，最终决定去一座小山，据说那里有座废弃的银矿。我以为等我到了那山丘，在那儿坐会儿之后再回去，那些人可能已经睡着了，我就能度过一个安静的周日下午。我会煮点东西，喝点茶，看看报纸，找找我认识的那些词。

结果我走了好几小时之后，迷路了。那一片片的空地起起落落，而且看上去都差不多。那些山丘一点都没有变近。我走到路边的一幢公用房屋里，一个叫矿工休息处的地方。这是哪儿？我问里面的一个人。沙丽，他说。我在散步，结果迷路了，我用英语说。他好像听懂了。孩子，你从哪里来？哈卡西，我说。那是什么鬼地方？西伯利亚，我说。我的老天爷，你他妈真迷路了！接着他放声大笑，其他人也跟着笑起来，我不知道为什么，但是我立刻感到安全了，觉得自己又变蠢了，于是他们拍我背的时候，我也笑起来。那儿有个人在拉小提琴。他虽然绷着脸，拉出来的音乐却无比欢快。

此后的那个周末，宝奇·伯克送我回合租屋。我刚刚撑好一座永远不会造好的大房子的地基。随时找我，他说，你是个鸡好的工人。我不知道"鸡好"是什么意思。我知道我欠你点儿钱，他说。这个我听懂了。我下周会安排好的，好吗？安排好的意思就是在这里付你钱。他看着我，边开车边笑。我知道他在说谎。我知道我再也不会看见他了。但是我说，好的，宝奇，好的，并报以微笑，在他以极快的速度开下坡的时候，我的胃猛地荡了一下，在此之前，我都不知道这儿还有这么一个山谷。

蕾奥婷

这个小区里有四十四座房子。我住在二十三号。有个老妇人住在四十号。其他的房子都无人居住，只有从未存在过的那些人的鬼魂。我搁浅，她遭弃。从来没有人去看过她。或许应该去看看她，真的。当时，我和爸爸一起去找拍卖商问这些房子，他们说基本都卖光了。我想要转角处有个大花园的房子，但是那家伙开始嗤笑，好像我要的是一个黄金马桶之类的东西。他头上抹了起码半瓶发胶。我尽量试试，他用一种身先士卒般的口吻对着我的胸说。他摇着头，叹了口气，说我们必须当天付定金，否则不能保证明天还有房子剩下。虽然我本该识破这些伎俩，但我还是相信了他。我爸当时心急火燎的，疯子般飙车去了信用合作社给我取现金。我现在很想再去找那个拍卖商，照着他的睾丸猛踢一脚。

可怜的爸爸。他几乎每天都来。他在印着车辙的一条条街道上走来走去。河畔步行街。阿拉景道。阿诗荡暗巷。看着那些男孩飙车留下的轮胎印，他摇头，嘴里发出啧啧的声音。他想把每一只烟屁股和啤酒瓶捡起来。他朝洞开的窗户里张望，怒视着那些房屋诡异的石脸。他哼着小曲儿，吹着口哨，又时不时咒骂两声。他用脚猛劈地上的杂草，还去踢那吞噬一切的丛林。他就像暴躁又可爱的老古奇连，想要力挽狂澜。我人生中只有我的父亲和迪伦两个男人。不管对他们还是对我，这都是不公平的。

好几个月之后，我们才察觉那是怎么回事。建筑商破产了。他能造完的只有我和那老妇人的房子，因为只有我俩付钱了。我们听说他把钱全都投进迪拜的人造岛还是别的什么项目。现在他就要跑路了。他很幸运，我爸说，因为如果我抓到他，我会把他的屎踢出来。爸爸从不会这么讲话。他一定非常、非常生气。他要是出了事，我永远也不会原谅自己。牙牙，迪伦这么叫他。每天早上，他都站在起居室的窗前，大叫牙牙，牙牙，牙牙。一看到我爸的车，他就疯了一样。他是个大嗓门。

爸爸为这个街道的每一幢房子割草。我看着他，他汗如雨下，意志坚决，在太阳下燃烧着。他时不时停下来，站在割草机后垂下头。我不知道他是在祷告还是思念妈妈。也许他在哭。上帝啊，我希望他没哭。他说自己就是找点事儿做，他讨厌退休。我知道他肯定更想去打高尔夫，或者和乔特一起打桥牌。他这么做，只是想让我的生活看上去正常一些，看看自己能不能把这个住宅区整顿得像样一些。他割草，除草，修剪，把剪下来的枝条装进拖车，开到凯恩斯福特，那个建筑商父母住的小屋，把所有的杂草和垃圾丢到他们花园的旁边。那个建筑商的父亲什么也没说。他不会想开口的，爸爸说。

几周前，有一个摄像组过来了。他们在拍鬼城的纪录片。摄像机准备就绪之后，他们来敲我家的门，我爸去开的门，他勃然大怒。我他没让他们采访我发脾气的时候，他说，那些都柏林四区的混账想利用你成名，门都没有。我只是想让迪伦上电视，真的，这样所有人都能看见他有多帅了。爸爸想让我们回家，和他还有乔特一块儿住。可我不行。其中一个原因是肖尼可能会很高兴，我可以想见他在酒吧和一群臭气熏天的朋友们说，她回来找爸爸了，哇哈哈哈哈，笑得像头蠢驴。另外我也不能忍受乔特抱歉地把东西搬来搬去，说自己并不想代替妈妈。她可能是个好人吧，但说真心话，她还是滚远点比较好。她身上喷着那恶心掺水的花香型香水。就像有人把一瓶还行的香水倒掉一半之后再加满尿，还喷了她一身。她想和我聊聊我的父亲。我很想像个孩子一样对她吼，让她管好自己的事，别来烦我，也别去烦爸爸。我不理她的时候，她就会说打牌的事。桥牌。四十五。惠斯特。耶稣。

上周肖尼来了。你好汤姆，他对我爸说。我爸只是对他点了点头，但他还是暂停割草，眼神尾随他走到门口。他带了一包塑料垃圾给迪伦。我让他待了五分钟。迪伦对他微笑，这小两面派。爸爸觉得肖尼底子里还是个好人。能不能别无事生非了，亲爱的，他说。他定是因为不能和肖尼聊车啊，机械啊这类除了毁掉女人人生之外男人都很感兴趣的话题而难过。无事生非？无事生非？我们连架都没吵过，我对可怜的老父亲吼道，他就是**没用，没用，没用**。一天到晚只会喝酒，和那些**贱人**上床。爸爸则开始看着天花板，哼起小曲儿，挠着下巴。他这是想保护自己的耳朵，屏蔽我尖厉疯狂的声音，阻挡我那些可怕的字眼。它们会进驻他的心，让它极为沉重。他的血流加快，双颊成了铅紫色。

小星星是我名字的意思。我算是颗明星了。我都不清楚肖尼是不是迪伦的父亲。要是爸爸知道了真不知会怎么样！我和我的老板乔治干过一炮。那欲求不满的老杂种，把我们所有人都带去庆祝他公司成立三十年。他说要来些特别的，只为了我们。真的，他自己倒是享受了一些特别的，祈祷我们这些女孩中有人喝大了，觉得他的潇洒多于皱纹，诙谐多于尴尬。我根本不该沾酒的。那些老长舌妇很早就回家了，学徒们当然也喝得很慢，那些小鲜肉们——而我则喝着甜腻的假香槟，被那老变态讲的每一句蠢话逗得咯咯直笑。两天之后，我终于不恶心了，希拉里说，他和我一起打车回家的时候，明眼人都看得出来我们肯定得干一炮。在此之后，他一副公事公办的样子，都不敢看我的眼睛。他的阴茎很小，睾丸上都是皱纹，凹凸不平的。我把这个告诉希拉里的时候，她差点没被米糕噎死。幸好迪伦谁都不像，只像我父亲。感谢上帝，感谢上帝；他是爸爸的翻版。

在房产市场火热的时候，所有乱七八糟的产权转让事务乔治都收四千。如果你把平均每次转让的处理时间加起来，乘以我们的时薪，那么就能算出就算他只收七百也能大赚一笔了。他一眼都没看过那些文件，一切都是我们做的。乔治甚至还不是最贵的。有一天有个人打电话来，听得出他十分慌乱，因为某个垃圾住宅区的建筑商把他的房子又挂出去卖了。不知怎的，他的文件在乔治的办公室里。那些合同没有及时寄回，因此建筑商不想再以原来的价格售出，而是想再加一万。他听上去很年轻，声音颤抖着，断断续续。乔治当时在出庭。那人最终还是去信用合作社借了一万。那些建筑商们不过是在试探，但我没能说出来。现在我知道当时该对他说什么了：叫那些建筑商滚远点，和你的女朋友住在公寓里，等个两三年再用半价买同一幢房子。希望至少**他**小区里还有别的人类住着。

我当时不知道在想些什么。我很讨厌这句话。这不过是犯了可悲的错误之后找的可悲理由而已。这句话到底是个什么意思？透过乔治办公室的门，我一直听到那些浑球说这些话：哎呀，我当时不知道在想些什么，我没**想**用铁棒打他，我根本不会做这种事，只不过我的兄弟前天晚上被人刺伤了，我**一心**以为你们这些人在他妈的**嘲笑**他……

可恶的是，每当我想到我与肖尼的相遇和与乔治那次意外上床，我脑子里就会响起这句话。我当时不知道**在**想些什么。妈妈刚走，而我根本没有好好哀悼她。我总是担心爸爸，所以决定屏蔽掉这悲痛，只专心照顾他。接着，我发现关心爸爸的不止我一个，那蚂蟥似的乔特也在我们周围出没，瞪着仿佛在说我为你心痛的大眼睛，挺着一对诡异矗立的老胸脯。但要客观地说，我还真没法怪我爸。在妈妈过世之前很长一段时间，她就已经神志不清了。马上我的**特殊带薪假期**也要结束了，等我回去工作，又要听那些浑球说话，看着不敢看我的乔治，希望我赶快走。到时候迪伦怎么办？我的房贷占了工资的**一半**。

今天早上有四个大男人开着一辆面包车过来。我一开始以为是游牧族的，过来看有什么好偷的。他们四处看了一会儿，手插口袋，踢着石头，像是想表现得无辜些。他们让我紧张起来，爸爸还要一个小时左右才能过来。其中有个长得很好看的男人，高高的，一头金发，有风吹日晒留下的可爱痕迹。他发现我在看他，我欲盖弥彰地从窗口躲回屋里。他走到门口。我心里那个神经质的小贱人不断在我脑海中低语**强奸**和**谋杀**两个词，但在他按门铃之前，我必须开门——迪伦正小睡到一半。你好啊，他说，啊……我让他闭嘴，他看上去有点尴尬。我走出门，从背后把门关上，就好像要藏起自己孤独的生活。我尽量不对着他笑。为什么我碰到帅哥就这么蠢？我用大拇指往后一指。睡着了，我告诉他。啊，耶稣，对不起。没关系，我说着，还是让自己笑了。他看上去好像精神了点，说他之前是这个小区建筑商的一名建筑工。他们就是来看看那些跑腿的有没有把活干完。他妈的跑腿的是什么东西？他似乎被我粗俗的语言吓到了。上帝呐，他一定是片脆弱的小花瓣。个体工人，他解释道，转包商，一些外国的工人，他们只有注册为个体户才会被建筑商录用。这样建筑商就不用付各种费了，养老金、税、退休金之类的。

　　他们一伙人里有一个胖子、一个外国人，还有一个看上去头脑简单的，他们都靠着面包车站着，尽量装作没有呆头呆脑地盯着我们。我突然列出家里那些豆腐渣工程，松散的踢脚板，未上漆的栏杆，摇摇欲坠的门，晃来晃去的厨房瓷砖，泥土结块的花园，少掉的围栏面板。他想知道我有没有列一个问题清单。一个什么？又是一样我该知道的东西。他叹了口气，说他会帮我都做好的，**他们**的活，他说，但是他必须要收费，他已经不再跟着那个建筑商了。拉倒吧，我说，一分钱也没有。爸爸好几次都要求自己来做那些活，但我从没答应过，而是一直傻傻坚持要等那个建筑商回来。他转头看了眼他的朋友们，接着回过头来看着我，柔声说他周一会再亲自过来，把那些事都解决掉。他就收五十镑的人工费，其他零零散散的材料他可能会从其他的房子里找出来。

现在我有一整个周末可以期待那位失业的建筑工鲍比的到来，看着他在我家周围蹒跚来去，拖着各种垃圾泥巴，让爸爸惊掉下巴，或许还会吓死迪伦。我明天必须得进城买件新上衣了。我这是多么难过呀！

蒂米

昨天傍晚吃过饭,我往上坡走,爬上了弗恩利丘。那离我家近得要死,就是这样。我看见鲍比了,但他看上去很忙。他开着辆吉普,后面拉着装满木块的拖车。他肯定刚砍完一棵树。怪不得前几天晚上我好像听见电锯的声音了。罗里·斯莱特里在给他打下手。我看见他肥头大耳的脑袋,好像嵌在鲍比的屁股里似的。装逼肖尼老说,如果鲍比的嘴张得够大,你可以看见罗里·斯莱特里就在那儿瞪着你!我听说罗里马上要去英格兰了,去看看能不能在奥林匹克那些楼盘里找到工作。我看鲍比肯定是从伯克家借来的吉普和拖车。不知道他是直接过去拿了就走，还是找宝奇他爸要的。我慢腾腾地走着，路过了鲍比家。他儿子看见我了，指着我说蒂、蒂、蒂。我就朝他挥了挥手。他知道我的名字，因为之前要是工地太远，我没法走过去或骑车去的话，就会一大早去他家搭鲍比的便车。他站在花园的栅栏和棚屋的中间，鲍比和罗里就在棚屋那儿。我觉得他们没看见我。我也没进去帮他们一起垒木料。我一直往上爬到坡顶，再从另一边往下走，一直走到湖边的那条路，朝湖里扔了会儿石头，有一次水漂打得挺成功，就是这样。跳了**五**下呢。这种事儿总在没人看见的时候才会发生。之后你再跟人说又没人信。

　　一大帮人准备出国。我不去。说不定帕德乔·瑞安死了以后，我会被叫去做教堂司事呢。科特神父有一次给我看了约柜，还告诉我捐款篮在哪儿。我对我们的圣母可虔诚了，就是这样。几年前，帕德乔的心脏加了三个支架。他体内都是铜管，下次要是他又出问题可能就得找水管工了。这是奶奶说的。奶奶心脏从没装过支架。她这辈子都没去看过医生。去他妈的医生，她之前总这么说。他们能知道些什么？他们只是对你拉拉扯扯的，最后把你送到尽量远点的医院去等死。医院里倒都是黑人老医生。他们怎么就这么担心爱尔兰人民要跑那么大老远来做医生？他们自己那儿没有快饿死的孩子要照顾吗？还有那些快被艾滋病弄死的人？奶奶之前老这么说。我不懂这些。一天晚上，奶奶的心脏爆了。

奶奶之前还总是说，她一辈子都住在离自己出生的房子只有一路之隔的地方。她说，我这是多么幸运？很少有人能这么说，而许多能这么说的人却并不为此感到高兴。似乎一直住在出生的家乡就是错过了什么似的。我总是同意她的。奶奶说，这里是全世界最好的地方。如果你需要什么东西，只要骑着自行车去村里，或者走过去也行，如果你需要村子里买不到的东西，那就坐一天三趟的公交车去镇上，他们会在店门口放你下来。奶奶一直都不明白，为什么大家要背上那么多年的债去买车。买两三套房子不好吗？大家最终还是选了一样的路。这样债务就可以一起分担了。

鲍比对我一直都挺不错的。至少他从不作弄我。去年，我去宝奇那里上工的第一天，爱找我麻烦的迈奇·布莱斯叫我大老远地跑去查德威克，结果只要买一包直弹簧、踢脚板和一盒橡皮钉。那个查德威克男人笑着摇头，说，我看你的朋友是在戏弄你。等我回去，迈奇·布莱斯怒不可遏。他说，几年前，每个新人都要去镇上，挨家挨户地买东西，这就是约定俗成的玩笑，通报大家可以尽情笑话这个新人，你以为那个自以为聪明的查德威克人就没跟过风吗？

我很庆幸他没有。我不希望到处跑，被人看低戏弄。碰到这种事，鲍比也会笑，但是他不会参与。有一次，装逼肖尼给我看杂志里裸女的照片，我不知道该说什么或做什么，只是低头微笑，看着那些纸上的裸女，其他人以为我眼睛绿了，还问我是不是很饥渴，还要送我去公共自行车莉莉那儿，就连那些波兰和俄罗斯的男孩都在放声大笑，最后还是鲍比走过来，一把扯过肖尼手里的杂志，扔进烧着火的柏油桶，说，现在，让他静静地待着，别他妈找茬。哇塞。肖尼没有顶撞鲍比，他害怕鲍比生气。

迈奇·布莱斯拿着铁铲向我走来的那天，我不幸没能跳开。鲍比和其他人都在院子里躲起来了，迈奇四处乱砸，咆哮尖叫着要杀了宝奇，喊着他的钱都他妈的去哪儿了。我一开始以为他只是在胡闹，因为每个藏起来的人都在哈哈大笑，我没有像肖尼和罗里那样矮身藏到木料后面，也没有爬进挖掘机躲着，我只是站在那儿看着老迈奇冲向我。鲍比和其他人抓住了他，把他扔进装逼肖尼的货车里，鲍比还伸手拉了我一把，帮我站起来，问我还好吗，而我竭尽全力不像个孩子一样大哭，但总是做不到。那天晚上我从酒吧回家后就躺下了，天花板不停在头上转啊转，我跑进后厕吐到地老天荒。我的胃在烧。我觉得应该是酒精中毒了。那晚我感到极其寂寞，比任何其他一个夜晚都更寂寞。

小时候，我们几个都被送到了不同的地方。一共六个。我母亲过世之后，父亲开始疯狂酗酒。她是生我的时候死的。我的确经常在村里西斯·布里恩的酒馆外，或者镇上的半桶酒外面看到他在那抽烟。他从来不和我说话。我很讨厌就这么与他擦肩而过。我叔叔有一次驾着辆有窗户的大货车带我们去海滩。他开到我们各自住的房子来接我们，奶奶家、玛丽阿姨家、阿杰叔叔家，还有他自己家，里头住着的大姐娜琳。奶奶叫我给她带一袋子贝壳。结果一整天我都在给奶奶找贝壳。我在长长的海滩上前前后后走了无数趟。要回家的时候，诺里叔叔只好专门过来找我，这让他颇为恼火。他一把扯住我的胳膊，从海滩一路把我拉上阶梯。我那一大袋子的贝壳掉了一路。诺里不让我去捡。我的包反正也已经涨破了。开车离开海滩的时候我还眼巴巴看着它们。海鸥俯下来想看看掉出来的那些东西里有什么好吃的。结果又气得重新飞上去了。诺里叔叔想知道我他妈干吗要为了一堆破贝壳哭。我不知道怎么回答。我哥哥皮达就嘲笑我，还对我比中指。回到家后奶奶把诺里叔叔好一顿臭骂，因为我都快被晒焦了。他一滴乳液都没有给我涂。

娜琳生了个孩子，但是没几天就死了。医生告诉她这孩子生下来也活不了。娜琳不信。她说这孩子很漂亮，很完美，一点事儿都没有。的确，小婴儿是被抱回家了。他们走的时候，整个医院的护士都在哭。她们都知道，这个小婴儿在这世上根本没有活下去的希望。不过，娜琳不相信。快看看他，奶奶，看看他，他多么完美，就是**这样**，多么无瑕。我也看了一眼，的确如她所言。他的心脏有点问题，时不时就不跳了。他们把他带回家之后，我一直都在离娜琳家很近的地方，就是这样。我不想进去，不想折磨他们，因为他们正忙着担忧，希望与祈祷。他家有棵大垂柳，枝条一直垂到院墙外，我就站在它的树荫下。我就像是卫兵，挺立着不让死亡靠近。但他还是进去了，我挡不住。我在外面听见了娜琳的哭号。PJ出来了，走到院墙那儿，叫我进去。娜琳怀里抱着小婴儿。她把我也拉进她的怀里。她汹涌的泪水和冒出的热气让我几乎不能呼吸，就连那小婴儿也被压变形了。我知道你一直在外面，亲爱的。对不起，亲爱的，对不起。我没好好照看你，亲爱的，现在不正是我的报应吗？对不起，我的小宝贝，我的小宝贝，我的小宝贝。我不知道后来她到底是在说小婴儿还是在说我。我常常回想娜琳那天说的话。我觉得她觉得自己的孩子死了都是我的错，就像妈妈的死也都是我的错一样。我真的不懂。

我要做什么糊口呢？我不知道。如果鲍比自己出去干，还带我一起干的话该多好啊！上帝啊，这想法也太棒了。为了他，我可以像狗一样干活。我把整栋房子除了屋顶都粉刷一新，我还问娜琳的丈夫借了一台绿篱修剪机，把周围的绿篱都剪了。我还给被风吹得一塌糊涂的后围栏换了新板。我还把杂草一棵棵连根拔起，这样它们就不会再长出来了。奶奶一定会为我感到欣慰的。

我哥哥皮达说，如果我以为自己可以继承这屋子，就可以滚去吃屎了。他说关于谁能拥有这屋子，法律是一视同仁的。他说，就算奶奶写下遗嘱，把屋子留给我，当然她**没有**，那我也要付一大笔**遗产税**。皮达对我说，我现在又没有工作，两只手又一样长，那就只能去信用合作社借个三四万了。哪儿都找不到工作。皮达希望把奶奶的房子卖了。他说他必须为自己的孩子们考虑。几天前，他和一个拍卖师一起下来。他拿着一个很酷的东西，只要一只手按着房间里的一堵墙，它就会帮你测量整个房间。就像魔术。**激光**，那个男人说，还对我眨了眨眼。真是个贼头鼠脑的白痴。

你应该多动动脑子，皮达说。我则想说，啊，滚去吃屎吧。不过这样他可能会勃然大怒，把我的脑袋给拧下来。他是个暴脾气，就是这样。娜琳说我可以住在他们家。我不想去，他们看着我的时候，心里可能想着因为娜琳没有照看我，所以他们自己的孩子被夺走了。不是这样的，但如果娜琳要这么想，那就这样吧。我永远不会惹娜琳生气。她很好，就是这样。

我连镇上那么远的新旅馆都去了，失业办公室打电话给我说我必须去。我去面了个试。那人说是要我做厨房的小工，洗锅子什么的。那人说这工作可难了。他戴着一个粉色的领结。奶奶应该会叫他**不折不扣的呆瓜**。我没法不去看他的粉色领结。他带我去看洗锅子的地方。那儿有个外国人，他在一个大水槽前弯着腰，拼了命地洗刷刷。连他的腿毛都是湿的。他看着我的样子好像在说，要是敢靠近他洗锅的岗位就割断我的喉咙。有些外国男孩深色的眼睛看上去的确很瘆人。那个戴着粉色领结的人问我介绍人是谁。我张着嘴看着他，他终于解释说他该打电话给谁**询问**我的**情况**。哦，有，鲍比·马洪，我说。他是你之前的雇主吗？是的，我说。接着又说，不。是的。不。是的。差不多。

上帝呐，那人边说边摇头。好吧，我会通知你的。

我觉得他会的。

布莱恩

　　我记得前几年，爸妈在那儿说马蒂·康明斯、沃尔什兄弟、安瑟姆·格罗根，还有其他几个去了澳大利亚的就是一群废物。大老远跑去世界另一头，他们还不得把蠢头喝掉了，想想这里的工作多好啊！背景就是一切。帕西·罗杰斯总是这么说。要看某篇声明，首先要考察背景。好样的帕西，孩子，你说得太对了。我也马上要滚去澳大利亚了，我母亲哭个不停，我的父亲则对这件事闭口不谈。他不愿承认。（他觉得只要他不承认，那就不存在，就像同性恋、毒品或玛丽莲·曼森。所有人都在说小唐纳在科克出柜了，父亲每听人提起这事儿，就只是哼着小曲儿看向窗外。我的天啊，帕迪，有没有听说库萨克家的事？嘀嘀嘀嘀……）

因此，在经济大萧条的时代背景之下，我就要去澳大利亚了，因此我不能算是个痞子或废物，我只是一个悲剧佃农的现代化身，饥荒压弯了我的腰，少得可怜的所有权也被奸商骗走，被迫在棺材船和坟墓之间作个选择。马蒂·康明斯和其他人都是无赖，而我只是个受害者。他们抛下手头的好工作，硬要沦落到去澳大利亚扮公驴，我自从学徒出师之后，就没工作过。母亲一定会对她爱尔兰妇女协会的人说，他也没办法，只好去地球的另一端找工作。我们怎么会把国家交给那些领导来压榨，摧毁呢？我们为什么要将他们的谎言照单全收？你肯定没见过**银行家**、**开发商**或**政府部长**的儿子们必须去海外谋生。之前我们花了那么大力气，帮助他通过那些考试有什么用。

什么力气？那该死的书不还都是我读的。呜呜呜着读完的。要是有人提起这事儿，父亲就眼神呆滞，嗑着假牙，还斜着眼看什么也没有的窗外。如果我为了去澳大利亚而抛下好工作，他一定会天天骂我是无赖、痞子、脑子进水了。这样我倒还更好应付些。至少我可以叫他闭嘴，而且也不用内疚，愤怒就行了。可他什么都不说，我又不能叫他闭嘴。我看他都不**知道**自己是在哼小曲儿吧。

我想去澳大利亚，是因为我认识的每个人都去那里待了一年，体验到了虚幻的疯狂。难道父母就不能放下成见吗？耶稣，好像我是要去阿富汗加入塔利班。一天晚上，我听见母亲在责骂父亲，用那种尖叫般的低语说：他太**年轻**了，帕迪，他会把**脑袋**给喝掉的，还会花光所有的钱，就为了和法雷尔家的男孩攀比，而且他根本找不到**工作，什么都**找不到。你看好了，他肯定也不会去那里的**弥撒**。那些澳洲佬也不待见爱尔兰人——几个月前，他们不是才在一个酒吧门口把一个爱尔兰人踢**死**了吗？嘀嘀嘀嘀，父亲说。她真是在折磨他。帕迪，你能不能跟他谈谈？能不能告诉他不要担心机票钱，就算不能退钱，我们也会给他的信用合作社账户再存点钱的，帕迪，好吗，帕迪，好吗？**帕迪**？嘟嘟嘟嘟……

两周前，我的小女朋友和我分手了。她说，我去澳大利亚鬼混，她不可能像傻子一样等我。她看过那些人的脸书，每张照片里，他们的爪子都搭在各种穿比基尼的女孩身上。算了吧，她说。接着她仔细地盯着我，还笑得有点紧张，问我是不是在哭。你在**哭**吗？耶稣，小布，你真的在**哭**吗？我只是觉得烦。迟钝的婊子。好像我会为她哭一样。下次**她**见了我才要哭呢，我会把小腹减掉，晒成金棕色，而且我只会回家来看看，马上就飞回我的海滩别墅，去做一周四五千的工作。荡妇。我穿上跑鞋的时候，就这样吗，她问，你就这么走了？你没有什么话要对我说？没有。不过走之前倒是踢了一脚她卧室的门。**耶稣啊**，她说。下楼梯的时候，我碰到了她家老头，脸上像斯大林一样蠢的胡子和小豆子眼珠里都是怀疑。我真应该扇他一记耳光。王八蛋。

你知道等你习惯有人给你骑之后的感觉吗？然后，突然之间，就不让你骑了？这就是那些下流坏子到处找女人哭诉的原因。他们只是想再骑一回。爱情是确保人类生存的生理机制。它也是一个抽象的概念，人们可以就此写歌，写书，拍电影。无论如何，它不过就是一种**构造**。这是我之前在英语课上写的那种鬼话。你很敏锐，布莱恩。对，没错。烦不烦。你应该去学艺术或者人文科学，布莱恩。不要做建筑，布莱恩。别被高工资蒙蔽了，布莱恩，这不会持久的。不要浪费你的**大脑**，布莱恩。好吧，帕西，放弃吧，奉一切圣洁美好的名义，放手吧。

在澳大利亚搞到一些金发大美妞之后，我就不会再想着罗娜了，那才是我要的。现在我这么情绪化只是想骑一回罢了。这就是流行文化的侵蚀：我**以为**自己在为罗娜伤心。音乐电视网都是这么拍的。从理性上来说，我才不在乎她呢。感觉和理性是彼此奇怪的镜像，理性所认定的错误没有感觉到的感情真实。耶稣啊，走之前我得把这句话写下来寄给帕西。

肯尼刚才来过了。他买了一堆粉，再过不到一星期我们就走了。他真是暖。朋友，我们嗨他个一礼拜，他说，别听那些老婆子瞎叨叨。肯尼害怕坐飞机，这个我知道。他也怕惹父母生气。我们都怕自己的人生会惹父母生气。为什么呢？我们为什么要因为他人的感觉害怕，为什么要被这种害怕禁锢呢？是因为我的行为总会影响他们吗？即使我们之间隔着一整个星系，我还是会直接影响他们，难道我是他们物质粒子的反粒子吗？这地球上最大的海洋足以淹没我的内疚吗？哎哟，我必须停止思考了。再下去就要写日记了，像个一本正经的傻屌一样。

我明白去机场是一场巨大的考验。母亲是想来的。

一路上她会不停抱怨，对着父亲大吼大叫。他大概会开个四十码，整个人趴在分方向盘上，指节发白，牙关紧咬。我要是看见他哭了，我也会开始哭的。肯尼一定会嗤之以鼻，在飞机上笑话我一路。他可能会找最性感的空姐讲这个笑话。嘿，美女！这一路上去香农，你得好好照顾这小子了！看他哭得像个孩子似的！你能不能把你的化妆品借给他，可能会让他稍微开心点！哇哈哈哈！快给他放个小娘儿们看的电影，嘿！哇哈哈哈哈！有时候我真的很想往他脸上招呼一拳。但是我对他**也许**会讲的话开始有些反应不过来，就像个小孩在听大人讲话一样不公平，这是句公道话。我最近很神经质，就像一个年轻女人来了一场血崩的月经。看在基督的分上，让我离开这里吧。

今天早上在墓地另一边，我看见鲍比·马洪了。我和父亲一起，一边拔野草，一边为那些虔诚亡者的灵魂祷告。我不妨再逗他一下。我们走到锁着的大门时，鲍比也正好走到门旁的阶梯。他应该是要来搞镇上来的一个女人的，她之前是装逼肖尼的女人，结果在宝奇·伯克的恐怖小区里买了一幢房子。这可是一场大战。你可得看看他的妻子，大美人池奥娜——那长相身姿让人欲仙欲死。不过，鲍比是头纯情的公牛。他可能每天都骑着她们两个。对鲍比·马洪这种人来说，要撩到女人很容易。他不算是苍穹下最耀眼的明星，但他是个好男人。他不需要证明什么。肯尼觉得他就像《铁窗喋血》中的保罗·纽曼；没有哪个浑蛋可以打倒他。在我们差点儿就赢了的郡曲棍球决赛上，因为麦克唐纳的全力冲刺，他的球棍被弄坏了。结果，他把球棍一扔，在吉姆·吉尔德警队长面前，一人扑倒了五六个人，之后有十二个壮汉来把他和麦克唐纳的那些人分开。当时我还只是个小孩子。我想做鲍比·马洪。时至今日，我还是想。我是个失败者。我为什么不能想着做自己呢？

特雷弗

我不确定母亲是几点起来的。我总是赶在她撒泼前离开。有时候，我甚至一路开到戈尔韦才罢休。我还是和小时候一样，害怕过波塔姆纳的那座桥。木制伸展板上的木板仍然松散，好像随时会在汽车开过时断裂。在天气晴朗的艾尔广场上，你可以在那里坐上一整天，看那些女孩的腿。有些女孩的裙子特别短，都快看得到她们的内裤了。我买了一副太阳眼镜，用来遮挡自己的视线，这样她们就不会发现我在看她们了。诀窍在于只用视线追随，头不能跟着转。我试图藏起我的面罩式太阳镜，不要被母亲发现。不过她还是发现了，她一定是长在我车里的。她问我拿这东西干什么。她说这就是塑料垃圾。她说希望我不会戴着它们在村子里乱晃。她说人们可能会觉得我疯了。她说我戴着就像小丑似的。她看着我直摇头。我无言以对，只能看着地面。我看见她把我的太阳镜塞进了围裙口袋里。

我快死了。我很确定。很快，我的心脏就会停止跳动。有时候我的左手会突然感到一阵剧烈的疼痛。可能是动脉阻塞。有时我会头昏眼花，有时会太阳穴那儿突突跳个不停，有时我的血流速度快了慢，慢了快。昨晚，我迷迷糊糊快睡着的时候，这种感觉汹涌而至。我的心脏肯定在骤停之后立刻惊醒重启。我马上要死了。我希望自己毫不知情，我希望在睡梦中死去。我希望我的肺不要因缺氧而收缩发烫。我希望我的大脑不要在停止工作之前给我播放可怕的画面。我希望我的人生不会浓缩成几秒，在我的意识中闪烁，就像一声尖叫。我希望自己能停下来。

昨天下午我又见到那个女孩。她站在屋外，看着一个孩子在塑料拖拉机上玩耍。那孩子大喊大叫，声音极响却心不在焉，他的叫声很长，尾音上扬。他看起来大概两岁半，最多也就三岁。他看起来很开心。她的房子漆成白色，小前院的边缘种满了花。就像是一排烂牙里的一颗好牙。母亲的朋友多萝西住在这个小区里唯一住着人的另一幢房子里。她似乎把我当成男仆使唤。母亲说她用鼻子买了那栋房子，付了比市价高出许多的钱。她当时迫切想要从通风良好的老房子里搬出来，住进小点的房子里。母亲说她活该被困在那里。她还以为自己挺时髦呢！

多萝西上周叫我去她家帮忙给窗台刷漆。周六我带着一桶白漆和一把刷子去的。我还带着一把平头螺丝刀用来开罐子。这不是乳胶漆，她朝我尖叫。你得用**乳胶漆**。我想象自己把螺丝刀插进她一只浑浊的眼睛。不知她会不会马上死？也许她会旋转，尖叫，抓住那把螺丝刀。细细的血雾随着她的旋转，喷射成渐粗的弧线。那血液一定是粉色的，充满了氧气。那个女孩可能会跑过来，看发生了什么事。你**杀了**她，她会说。我是被逼的，我会这么说。她不是人类。她是吸血鬼。多萝西此时会炸成一团灰。而那女孩则会扑进我的怀里。

最近我站久了腰就疼。这种疼痛有时候会蔓延到前面。可能是我的肾衰竭，停止工作了。也可能是睾丸癌。这种病带来的疼痛可能会在身体多处出现，它可能会沿着大腿向下穿行，顺着脊椎向上，钻进你的胃里去。我可能长满了肿瘤。大概就是这么回事。我肯定有皮肤癌。小时候，我妈从没给我涂过防晒霜。在我小时候，她就已经让我生皮肤癌，这是对我的谋杀。一种慢性且无法察觉的杀人方式，一场先发制人的完美犯罪。她是个天才，因为她让邪恶看上去都很正常。做蛋糕的时候她都充满恶意，眼睛一眨不眨。她在一团面粉中四处拍打，她尖锐衰老的头颅看似与身体分离，悬浮其上，她嘴里还说着：你为什么在浴室待了这么久？或者：多萝西的儿子现在在军队里已经做到**上尉**了。或者：你听说过哪个年轻**人**会去考蒙台梭利育儿执照？或者：你怎么变得这么痴呆还这么肥。

　　有时，我会瞥见她黑色开叉的舌头突然缩回去。我不知道她是否发现我看见了。我想她觉得就算我看见了也不会相信这都是真的。我想她觉得我以为自己要疯了。她就是想把我逼疯。很明显，这些生物以疯狂为食。多萝西也是同类。我可以轻松杀死她们俩，但是我需要先让每个人知道她们的真身。如果我就这么杀了她们，就会被关进监狱里。要是我说自己是发疯了，那就会被送进邓德拉姆中央精神病医院。如果我在杀她们的时候揭露她们的本性，那我就会成为英雄。她们有相同的气味，相似的长相，周身缠绕着邪恶。我必须带走住在多萝西附近那女人的孩子。劳埃德会帮我的。我不会让劳埃德伤害他的。虽然我们可能要在他身上留下些记号。接着我就会杀掉母亲和多萝西，并告诉所有人，我是在她们正要活祭儿童的时候制住她们的。我会说，她们都是女巫。从我还是个婴儿开始，她们就用魔咒将我囚禁了。别碰她们的身体，我会说，她们可能还没死透呢。当局可能会聘用我当顾问。我可能会成为唯一知道如何揪出并处理这些生物的活人。

有时我会坐着思考好几个小时。接着就陷入了遐想。遐想结束后，我又不记得之前在想什么了，我只知道我是想太多了。我的脑袋嗡嗡直响。昨天傍晚就是这样，我坐在沙发上，透过厨房门看母亲烤面包。之后，我突然就往前倒。我的头差点碰到了膝盖。《朱蒂法官》快要结束了。母亲捏着我直晃。我脑海中浮现出奇怪的画面，上面是妈妈像蛇一样分叉的舌头。特雷弗，特雷弗，噢，特雷弗，她一边叫一边想将我摇醒。她眼眶湿润，含着泪水。我没事，妈妈，我告诉她。不，你有事，她说，你状态很不好。我们必须带你去看隆纳根医生。你必须吃点啥才能振作起来。如果你像你爸那样崩溃了，我会受不了的。

我父亲先是一分为二，接着就崩成碎片了。这就是我对精神分裂症的定义：一分为二，再崩成碎片。我有精神分裂吗？这是可以遗传的吗？我可以去确诊，但我不想去。就像我只要打开衣柜门，就能看清里面有没有怪物要杀了我，但我从没开过。我要是这么做了可能就把它唤醒了。我才不会唤醒怪物。没门。

我想知道多萝西的邻居女孩有没有男朋友。多萝西说，她反正是有老公的。多萝西痴迷于她的八卦。有三个不同的男人会来上门。一个看上去邋邋遢遢的男人似乎是孩子的爸爸，他会牵着孩子的手在路上走来走去。一个老一些的肯定是她爸爸了。整条街的草都是他割的，整条街也都是他亲自收拾的。他看上去也很令人敬重，多萝西说，腰板直挺挺的，足够英俊，却又不过于惹人注目。他肯定为那个女人感到羞耻，多萝西说，看她袒胸露乳的，还有个杂种儿子。另外还有一个高大的金发男子，一身的肌肉与晒成棕色的皮肤，他是几周前

　　　　　　　　　　　旋转的心

才开始上门的。他可能就是来给她干活的，多萝西说，但是他们彼此很**亲密**。她时不时**碰碰**他。谁知道她是用什么来付人家工钱的呢。那个女人又没工作。就连房子可能都是郡议会给的。这年头啊，多萝西说，要是你足够轻佻，倒是能得到丰厚养眼的报酬呢！

我准备非常、非常慢地给多萝西刷窗台。我得亲自看看那人高马大、皮肤被太阳晒棕、肌肉发达的男人。我想知道他和那女孩是什么关系。他是个劲敌，一个未知数。我每次想到她，脑海中的眼睛都会窥见他的身影。今天，她穿着一条牛仔裙。他会把那只粗糙的大手放到她的裙子上吗？我很希望他能尊重她，可惜这世上就没几个尊重女人的男人。他可能会叫她做一些事情，而她则会别无选择只得照做，因为她害怕他会撂下没做完的活就跑。那些家伙都是这样的。我给多萝西楼上的窗台刷漆时，要是偶然看见他用强，那我也只好强势干预了。我会踢开她家的前门，他会转向我，而我就会全力用掌根攻击他的胸口，一掌就把他毙了。没事了，我会告诉那个女孩，而她则会在我的怀里抽泣。没事了，怪物死了，怪物死了。我希望我的心脏不要在救下那女孩前停止。我总感觉不舒服。我觉得可能又想多了。

布丽迪

我一直发誓再也不会涉足克莱尔郡了。我甚至都不想从城堡湾的浅岸眺望东克莱尔。唐·提娜甚至还用利默里克郡的路来嘲笑我：克莱尔就藏在这些路的后面。有次，我们去巴利纳一家可爱的餐厅用餐，但我一直都背对着河，因为克莱尔就在河的对岸。将近二十年前，我的二儿子和他的叔叔吉姆和他的兄弟们一起去克莱尔钓鱼，结果一个浪头把他从岩石上卷走，淹死了。从此，我就连想到那个郡都难以忍受。到现在，我还是每时每刻都在思念他。我想得最多的是他短短人生的最后时刻：浪潮抓住他时，他一定十分震惊，当他被拖得越来越远，往下沉的时候，他会是怎样的感觉。他是否能听见吉姆和他兄弟们的咆哮？他是否能感觉到海洋的大手正紧紧捏住他的身体？我知道我不该一遍又一遍地想这些，但您这就像让一只蜜蜂别再碰花朵一样。

出事的那天，邻居约翰·英格力载着我们赶去搜救队所在的西班牙角。我永远不会忘记那一路的光景，那是我最后一次抱有希望。当时还没有手机，所以我一直在想，等我们到了，他们就找到他了，他裹在厚厚的白毛巾里，因惊吓与寒冷而颤抖哭泣。如果当时还有更长一点的路，我会叫约翰·英格力走那条路的。我会永远留在那辆车里，安全而又充满希望。车一停下，我就知道我的孩子已经没有希望了——没有一个人**行色匆匆**。我尖叫着让他们全都回大海里去，快点，快点，他可能还差一半距离就要到美国了，可他们只是哀伤地看看我，又看看那浪涛滚滚的蔚蓝，摇了摇头。到最后也没找到他。那贪婪的大西洋把他吃了，连那些小骨头也不肯吐出来。

那天，我像疯子一样沿着奎尔蒂的海岸公路走了好几英里，望着大海，仿佛随时会看见他，踩着水，挥着小手，等待救援。结果，他们组织了第二批搜救队，专门来找**我**。我走到了一个小教堂，它有个可爱的名字：海洋之星。我走进去，跪在地上，祝福自己，埋着头。旁观者可能都以为我在为死去的儿子祷告。我没有，我在诅咒上帝。你这个浑蛋，我说，你这个浑蛋，就因为你的儿子被杀了，我们就都要永远受罪吗？难道你还没有报复够吗？而且你的儿子还只死了三天。我的儿子会像你那个在周日回来吗？从此，我再也没去望过弥撒。我已经远离上帝与克莱尔二十年了。如今，我正在考虑**住进**克莱尔的一个小旅馆里，去做住店女管家。那儿离彼得死去的地方还不算远。实际上，不瞒您说，我是要去做客房部**主管**的。

我丈夫把彼得的死怪在我的头上。毕竟是**我**的兄弟带着他去钓鱼的。那天，是**我**丢下穿着小短裤的他。他身上涂满了防晒霜，带着钓竿和一袋三明治和糖果，可以和叔叔和兄弟们去海里钓鱼让他兴奋到说不出话来。当时要是**他**在，迈克尔说，他一定会警告彼得那里危险，他一定会告诉我的兄弟一秒都不要从彼得身上移开视线，他一定会做一切我没有做的事。这些年来，他一定会做的事项清单变得越来越长，直到我们俩站在它的两端却看不见彼此为止。他离开了，再也没有回来，对我来说唯一的区别就是他发出的噪音消失了。痛苦没有增加，也没有减少。我们时不时打个照面，也只是勉强点点头。孩子们不告诉我他们和他都说些什么。我不在乎。最近，他看上去老了许多。

　　我穷得叮当响。最后一个孩子离开家之前，迈克尔每周都会寄钱来。我在下面的瑟勒斯镇的镇尾旅馆里干了很多很多年。去年，他们让我走，把我的工作给了一个又瘦又小的年轻姑娘。我去找人事经理玛丽·威尔士说理。哎呀，我们可没把**你**的工作给那姑娘，布丽迪，你又不是**经理**，她的职位可是住宿**经理**。把我踢走再把我的工作给别人是违法的，所以他们就给我的职务起了一个新的名字，再交给那个小娘皮。接下来，我可不就在报纸上看到有家新开的旅馆正在招人。谁都可以去，只要你愿意从尼纳一路跑到亚比科特，在那里耐心等着轮到你，再去和某个穿着短裙的矮小女士谈话就行。她自以为对一切了如指掌。你的简历不是很**多样化**呢，布丽迪，她对着我假笑。我的生活就不是很多样化，我说。但是我一天都没有旷过工，也从不要求加薪，更不会在房间留下半点灰尘。我其实都不想要那份工作，但还是被录取了，加上可以住在那里，还管一日三餐。如今，或者像那些男人们说的，在**当今这种形势**下，有些岗位的待遇要比这个差得多呢。

我跟我第二小的孩子说，我准备把房卖了。您真该看看他那张脸垮掉的样子。不瞒您说，他最近被镇上一个**医生**的女儿套牢了。她住在大学里，攻读硕士学位。他在研究自己有哪些选择，真是谢谢您嘞。我给了他两条选择：滚犊子和滚犊子。他也太习惯在这儿当大老爷们了，身上沾着各种烂泥和细菌，每次和那小娘皮吵完架还会沾着浓痰。她来过一次。他太**敏感**了，康纳斯夫人。他是的，我说，他是朵柔弱的小花儿。她对着我的脸抽烟，还用鼻孔看我的房子，即使我已经在她**大腿**上放了一个烟灰缸，她还是在我可爱干净的地毯上落了一世界的烟灰。她身上一两肉都没有。她不吃肉的。比利现在也不吃了。他说，对人来说，吃其他动物的肉是不正常的。他说，这是**进化失常**。哪天我就给他的嘴里塞一块失常瞧瞧。您真该看看他之前怎么吃我的烤牛肉的——他可是连叉子都不用。

我就这么轻易地振作起来，是不是很吓人？那可怜的孩子还在环游世界呢。当然，他不知道自己有多不幸。上帝帮助我们，他还是个孩子。我和其他人一样，只要一点点挫折，就会撕下伪装。大海带走我的彼得的同时，也改变了我。我之前从没乱发脾气，或者对别人指指点点。我总是鼓励他人，轻易原谅，还笑着面对烦恼。然而，出事之后，年复一年，我常听见孩子们在隔壁房间里，挤在一起，紧张地窃窃私语，戛然而止的奇怪笑声刺破了黑暗，而我则蹑着脚步在房子里乱窜，无事也要叫骂，事事都要叫骂，叫骂那些尘土、积灰、脏盘子和态度，然而，他们没有一个伸出过一根手指头来帮忙。我明明有一个大家庭，却永远形单影只，连上帝听了都要害怕。再后来的某一天，前面的房间再不拥挤，也不再传出窃窃私语。他们都走了，毛刚长齐就立刻走了。他们很快就到了城里，宁愿为了租下发霉的小盒子公寓而支付天价租金，也不愿再让我剥夺他们生活的美好，破坏他们的乐趣，遮挡他们的阳光。

我不可能恢复了。我永远没法跨过这道坎。我永远不会原谅我的兄弟或其他在场的儿子们，也不会原谅上帝或大海或风。我永远不会原谅自己。我再也无法点亮脑海中的那盏灯。我永远不得安宁。有一次，我叫约翰·科特他妈的滚远点。虽然如今很多人话里话外都苦涩地诅咒着，但没几个人真对牧师说过这种话。他听了大惊失色。当时，他在我家里坐着，一如往常地柔声说着动听的话。大部分人都会让他用这样的话去揉搓他们受伤的心，但是我只觉得怒气越来越盛，一直到我故意把椅子扶手上的茶杯扫翻，打得整个屋子到处都是。他跳了起来，看着我。他的脸垮了下去，整个人跳离了椅子，他肯定是看见魔鬼在回头看着他。我告诉他该去哪里该把经文放什么地方时，迈克尔冲进房间，不断道歉，而我彻底炸开了锅，尖叫咆哮着，说怎么没见哪个操蛋的来给我道歉，我不断地尖叫，尖叫，尖叫，从此，安静的**我**便不存于世了。

星期四，我在下面的邮局看到了那个嫁给马洪家男孩的卡希尔家女孩。她的名字叫池奥娜。她带着自己的小儿子。这孩子和他爸爸真是一个模子里刻出来的。他很漂亮。她倒是看上去很苦恼。她大概排在我前面三四个的位置。这队伍绕成了 S 形，这样那群永远站在队伍里的老婊子就能清楚地观察她了。她们看着她，又带着嘲讽的同情互相对看，眼里闪耀着胜利和喜悦。整个区的人都在说鲍比勾搭上了那个镇上来的、买了宝奇·伯克一幢房子的小娘皮。哈哈，那些老贱人想，她这是受刺激了！我倒不觉得。我一般对这种事不屑一顾，只是那个鲍比是个好孩子。我不想将他看作和其他不忠的臭男人一样。那孩子身上有某种特质。他看着你说话的时候，看上去很窘迫，让人忍不住要抱抱他。就算他直直地看着你，眼里也有一种距离感，让你感受到他强烈的悲伤与难得一见的良善。因此，要是那个男孩真勾搭上个轻浮的小贱人，我就把帽子吃下去。这也许是因为我每次想到的都是他母亲葬礼那天。当时他已经成人，可他的眼睛和表情让人觉得他不过是个小男孩。那天看到他的人，都会求上帝将他的悲伤分给他们一些，这样他就不用独自承受了。除了我之外。我已经与上帝，与一切美好与荣耀断绝了关系，也不会再向他索要任何东西。

　　我迷上了改造自家的房子。在这个问题上，迈克尔没和我争。可能是因为电钻和榔头没过了我的声音。一天清晨，我们收到一批给阳光房铺底墙用的木料。阳光房搭在屋子后面，一直延伸到花园里。迈克尔想确保那辆卡车不要被太多人看见，这样邻居就不会老问你要规划许可之类的东西了。当他们发现周围有些变化，或之前他们看都不看的空地少了一个角落，您永远不知道他们会作何反应。但还是有人看见我往里面搬木料了。弗兰克·马洪路过的时候，货车上的两个男孩刚刚跳下车。他带着一条瘦骨嶙峋的狗，脖子上帮着一根麻绳，绳结中间卡着一只螺栓还是啥的，免得这可怜的东西把绳绷得太紧，勒死自己。

那都是好几年前的事了，当时这男人的妻子刚死不久。我站在那儿，迈克尔就在我背后一两步的位置，当时唯一的声音就是货车散热时发出的滴答声。我找不到语言来形容我的所见所感。弗兰克·马洪就站在我们大门对面，站在另一边的水沟那儿，眼神沿着我们的房子的山墙看去。我突然明白是怎么回事了：其中一个来送货的男孩就是鲍比，他的儿子。他的老婆和全世界都知道，这两人闹翻了。

鲍比当时面朝我走进大门。他的同伴正在摆弄装在货车平板上的控制面板。弗兰克站在那里一动不动，看着这边，我不知道鲍比是怎么办到的，他感觉到他爸就在那里，整个人僵住了。他之前也肯定不知道他爸会到这儿来，他们是从相反的方向来到我家大门前的。我亲眼看着那男孩两颊的颜色渐渐褪去。他的脸庞一如既往，但我发誓有一种几近实质的悲伤笼罩在他的脸上。他慢慢转身。很长一段时间都没人说话，我和迈克尔两人也像钉在地上似的。接着鲍比·马洪说：爸爸。

就这样。爸爸。他的父亲只是站在那儿看着他，双眼和其他人一样是普通的蓝色，但却如夜一般黑暗。接着他举起手臂，用手里的一根树苗似的棒子指着他的儿子。尽管清晨的阳光明媚如常，却仿佛有乌云笼罩着天空。他放下手臂，张开嘴，好像要说些什么。上帝保佑，迈克尔情不自禁地低声祷告。你好啊，弗兰克！那阴冷的咒语仿佛被打破了，老弗兰克·马洪转过身，往村子走去，留下了他苍白的儿子。这一切只发生在转瞬之间，但我却觉得好像过了一整个早晨。

那天，鲍比干完活，甚至不愿意收我给他的几先令。我想，也许他是想起那时候了，他还是个孩子的时候，他和他的母亲在我这儿留宿了一天一夜，因为他父亲发酒疯，把他们下坡小屋里的每一件家具都拆成了小碎片。我在路上碰到他们，她在哭，他赤脚。我载上他们，带他们回家，什么也没有问她。我不想让她难堪。她优雅而安静地感激我；她知道我知道他就在下面拆家。之后，如果我的小彼得没有离开这个世界，没有带走我的心和灵魂，我们原本可以成为好朋友。我怎么能让一个孩子带走我的全部身心？这对任何一个人都是不公平的。正如某个人所说，生活本就是不公平的。这句话他倒可以再说一遍。

杰森

上周，鲍比·马洪杀死他父亲的那天，我看见路上有个男在朝我走来。可我还没来得及看清是谁，他就翻入一片墙消失了。我的狗闻到了些什么。我内心深处明白那就是鲍比·马洪。狗闻到了死亡。我一路往下走，路过鲍比·马洪他老头子的木屋，发现他已经死在里面了，而我们一无所知。我碰巧在他得手之后看见了他。他的手上肯定还有血迹。我真懊悔自己没有去搞副眼镜，反正配眼镜也是免费福利，省得我像白痴一样到处眯着眼。后来，我又在新闻上看他受到指控，他被铐在一个大胖子警察身上。有些人进出法庭的时候，总会想遮住脸。鲍比却直勾勾地盯着镜头，面无表情。上周那天晚上我看见的**肯定**就是鲍比。我不知道要是告诉警察我看见了什么，会不会有奖励。跟警察说些一个杀死自己亲爹之人的事情，我可问心无愧。该死的。我干吗不去？如果我在合适的时间，合适的地点帮他们抓到那个浑蛋，他们可能要过好一阵子才会来找我的岔子。尽管如此，妈的，我才不会说呢。他真是个好人。

我年轻时犯下的最大错误，就是在脸上文满了各种图案。一旦你在自己脸上文了东西，无论多漂亮，是鸟是花还是别的什么，全世界看你的眼光都不同了。我这都是为了一个女人。当时我还只是脖子上文了几只鸟。她说，要是我在脸上文一只蜘蛛，看上去肯定很有致命诱惑的范儿。她说什么我都言听计从。她十六岁，我十八岁，但我觉得她的头脑比我好多了。她早就算好，还写在一张纸上，这项、那项花销她分别可以报多少，她甚至还算出生一个、两个、三个孩子分别可以拿到多少钱。她**无所不**知，早就规划好了自己的人生。她想从我这儿得到的只是一发。完事儿之后，她只想使劲儿笑话我，直到她找到下一个棒槌。我只见过我的小儿子一次。他看上去气呼呼的。她变胖了，但我还是会毫不犹豫和她打炮。我不知道现在她有几个了。

因为有我这个儿子依赖他们供养，我父母在这里分到了一幢房子。我小时候住在镇上，自从被一个住在同一条路的胖子恋童癖骚扰过，我总是不知道自己在想什么。他之前总是会放一些我爸不让我看的视频，我就会像个傻子一样过去看。他把手伸进我裤子里的时候，我还站在那里吃着十便士的巧克力条，视线粘在该死的《忍者神龟》或《狮子王》或其他的屎上面。我被诊断出患有创伤后休克、注意力缺陷多动障碍、躁狂抑郁症、脊柱侧弯、牛皮癣、上瘾的人格和其他一些病症。我把这一串儿都记在心里，这样我就可以去福利办公室告诉那些大便球，别乱给我塞该死的工作面试。这样，杰森，去戴尔公司面试吧。我会去见鬼的，我有……接着就列出一大堆上述毛病，最终那些大便球就会被我搅得头晕脑涨，说，好吧，好吧，去你妈的，签完名滚蛋吧。你只需要拖着，让那些小丑没法去茶歇，他们就会尽其所能让你滚蛋。

我得创伤后休克是几年前的事了，是在一个疯掉的老乡巴佬在我面前射伤了一个人之后。那个被射伤的差点就死了，他们只好把他的腿给切了。之后，我一直魂不守舍的。我觉得他本来也想打我，但他用的是把霰弹枪，开完两枪后，他把枪往墙头上一扔之后跑了。我觉得他是以为我们把他某个朋友藏起来了。他射中尤金的时候，我差点把屎拉在裤子上。我想，该死的，我要死了。告诉你也无妨，我当时因为恐惧而动弹不得。我可能还尿了点在裤子上。不过，应该没人注意到，我当时穿着白色的运动裤。那个老疯子跑了之后就自杀了。这说明他知道自己弄错了。我根本不认识那些乡下人。可能有那么几次，我朝一个农民的脸上踹了两脚，但也是因为他自以为是，老是在学校里欺负尤金什么的。我根本不想和这些乡下人结仇，但是不帮那个尤金，我总觉得过意不去。尤金也是个好人，他是我在这个屎洞里的伙伴。我把那条运动裤脱掉了，见鬼去吧。

　　脸颊上的蜘蛛也没让我停歇。那个给我生了个孩子女人在我面前砸上她新公寓的门之后，我们就算彻底了断了。我不想因为这只蜘蛛再想起她，因此就把蜘蛛变成一个有点肥的凯尔特十字架，可这么一来我半张脸就没了，而且只有半张脸文了的话看上去很不平衡，因此我又在另一边文了一条蛇，正对着十字架吐信子呢。一开始看上去的确很致命，可现在我的脸肯定是胖了，因为那条蛇扭得怪里怪气的，而且看上去又扁平又蹩脚。文的时候还是挺痛的。文身店老板找了个女人来店里，我觉得是个波斯女郎，就算死人也会对她生出情欲。刺的时候，那个女郎的奶子就在你脸上晃来晃去，或者她就迈着两条大长腿，扭着漂亮的屁股在旁边慢吞吞地走来走去。老板知道，没有哪个男人会在这时候做缩头乌龟。

他们给那些荡妇分的公寓确实不错。全都是精装修，设备还不错——都是雷滋之类的好牌子。那个给我生了个孩子的女人家有个皮沙发、两把真皮扶手椅、一盏吊灯、一个微波炉、一台冰箱，还有冰柜等等。我是上次隔着门缝看见的。我真应该冲进去，对着她一阵狂抽，再和我的小儿子玩一会儿，但是她叫我滚，当时那些福利部的人像苍蝇叮大粪那样照看她们。我说，啊呀，拜托，**警察**都在四处找**我**，她咆哮着说：什么！警察？耶稣啊！你给我滚远点！她那么用力地把门砸上，我怕那门都要裂成两半了。妈的，我想，我不应该把警察的事儿告诉她的，至少也得等我上了她之后再说。女人在完事儿之后一般就没那么紧张了。特别是和我完事儿之后——我活特别好。

这里的人好像都成了无头苍蝇，那些乡巴佬，就好像世界末日了一样，只是因为鲍比·马洪砸扁了他老爹的头。他们都面红耳赤，看上去心急如焚。那老头本来就半只脚踏进棺材了。我常常看见他待在家门口，我每次遛狗路过的时候，他都一副要把肺咳出来的样子。他就是个怪老头。他从来不跟人打招呼，不咳嗽的时候，他就会抽出一根烟，看着我，那我也瞪回去，每当我正准备朝他叫骂几句时，某种感觉开始笼罩我，叫我别去打扰这老头，接着他就开始清嗓子，吐痰，我就杵着啥都不干。像我这种傻子，有时候就得相信自己的直觉。就感觉那老头身上有股寒气飘过来。就连上周那个傍晚，明明天还亮晃晃的，他看上去阴暗得要命。怪不得鲍比要杀了这怪人。我猜他当时大概是气疯了。

鲍比还真是一个好人。他之前也想给我搞份工作，但我不会因此怪他的。我觉得他以为自己是在帮我。在我要去某个疯癫的建筑工地之类的地方工作的前一晚，我家老头把我引到鲍比家里。我在建筑工地上一定是道亮丽的风景线，不是吗？看看我。可是那些就业培训管理局的浑蛋一定要我去上什么建筑课，还要搞个安全证什么的。当时我去了也只是想让他们高兴高兴，我以为他们都懂。我告诉鲍比，真是抱歉啊，兄弟，我背疼得厉害，我的脑袋瓜也不清楚，他只是笑着说，没关系，而且还感谢我提前告诉他。然后，他看着我家老头那辆破卡罗拉，说，基督呐，那前轮怎么歪成这样了。我说，我知道，兄弟，这就和摩登原始人的车一样，哈哈哈。他当时叫我等一下，然后就去自己的大棚屋里四处翻找，拖出来一个十四英寸的四头钉车轮，上面还有几乎全新的轮胎，接着他把我家老头的车子顶起来，把轮胎装好。我那老头真是个不要脸的，在那儿直说，啊呀，你真是太好了，你真是太好了，我会付钱给你的。当时，我的脸唰一下红了，而鲍比也心知肚明那不过是废话，但他并没有在意。拉倒吧，反正它也就是在那儿占地方，他说，我都不知道它是哪儿来的。

　　他就是这样一个人。老头那辆装上新轮子的车开起来顺滑无比。鲍比总会这样帮助那些对他来说不过是陌生人的人，而且不图回报，反而会让人觉得是自己帮了**他**的忙一样。之后，我觉得自己就是个浑蛋，甚至都不明白原因。

希拉里

在我看来，蕾奥婷大半时间都不知道自己惹了什么麻烦。办公室的每个人都知道，周年庆之后，和乔治去打炮的是她，可每天受那些老贱人白眼的人竟然是我。这都是因为蕾奥婷的特殊职业假期。这是变态乔治的新花样，那个鸡屎一样的混账。天啊，为什么所有男人都一样？乔治对每个女人都色眯眯的，当然，是年轻的那些，但没有人会让他得寸进尺，只有蕾奥婷非要搭理他，还和他上了床。不过，蕾奥婷根本不在乎，她总是我行我素。不是说我不爱她，我真的很爱她，她太**漂亮**了，又很有才华，各方面都很好——但是我永远不会和其他人说——她迟早会自作自受。她必须想清楚自己这辈子要干吗，不要总把自己搞得一团糟。

我觉得有时，她的那些焦虑、自省和时不时犯的相思病只是装出来的。有时，在她以为没人看见的时候，样子只是很悲伤。不过，说句公道话，有时候这种悲伤算是她自找的。我的意思是，她就这么突然疯狂爱上了那个刚出现的建筑工人。我想，蕾奥婷甚至还认为，他会离开自己的妻子，再和她结婚什么的。据我推测，他根本就没有追求她的意思，但是她好像很确定自己把他迷住了。迟早，他会放下手里的锤子，问她要不要看看他其他的工具。她跑去买了四十套新衣服，就为了他上门时穿给他看。她不破产谁破产。她会制造各种让他上门的理由。他当然也收她的钱——当然比城里那些混账便宜多了——但是她哪来那么多钱，这么胡乱挥霍就为了诱惑一个已婚的建筑工。她自己也有把锤子（说真的，可能是从他的工具箱里偷来的），她把自己卧室墙壁上的灰泥给敲下来，叫他过来修；她把厨房的柜橱门打破，还说是迪伦干的；她把套房浴室的地砖敲坏，叫他把所有地砖起开，重新铺。他到她家里之后，她就像个小乞婆，有时她就是这样的。她穿着紧身牛仔裤或迷你裙，在他周围转来转去，想引诱他对她动手动脚。可是他没有，一点想法也没有，或许以后也不会再有了，因为，你不会相信的：他才刚**杀**了他的亲**爹**。

　　一开始，大概两周前，她打电话给我号啕大哭，就为了那个脸像被刀劈过的、和蕾奥婷爸爸结婚了的老乔特（其实她和蕾奥婷的类似程度比蕾奥婷自己认为的还要高；她俩都会为了得到男人不择手段）在某个疯狂的四十五点还是桥牌节的聚会上，所有人都在说，蕾奥婷偏偏要在那个疯人村买房子，现在还和那个叫鲍比的建筑工搞婚外情，而且他还要搬进去和她一起住呢，他老婆都快发疯了等等等等。蕾奥婷可怜的爸爸差点没气死，要是他们真调过情，他肯定知道，因为他一直守在那儿，保护她不要被那些疯狂的村民强奸或抢劫。他在那儿割着草，可能也是为了躲避那个小矮人乔特吧。要是他们真有点什么，他可能也只会翻个大白眼，带上迪伦出去走走，但那些流言却让他特别郁闷。他是个好人，而且长得也**很**帅。他就是那种年纪越大，越有魅力的男人，就像科林·费尔斯和乔治·克鲁尼那样。蕾奥婷二十一岁生日派对那天，我稍稍和他调了一下情，当然是很端庄、天真的那种，她竟然发疯了。她骂我是个婊子，在那儿大哭大闹。真是个他妈的伪君子！我奶奶葬礼的时候，她差点没**强奸**了我爸。对，就是他**母亲**的葬礼。

总之，就好像嫌全村的人都以为她是个爱拆家的粗贱女人还不够糟糕，她爱上的男人还杀了自己的父亲。你也知道，蕾奥婷总是不可避免地陷入她周围任何戏剧化的事件中。不过也真是，他的亲生父亲，你想得到吗？他之前待在蕾奥婷家里，就在那诡异空荡又萧条的小区尽头，她则忙着在他面前各种弯腰，在他眼前晃着自己的小屁股，而这段时间里，他体内一直藏着一个凶手。我听说他一拳打扁了老人的脑袋。当然，要是他真干得出来这种事，他也可能载走蕾奥婷和穿着靴子的可爱小迪伦，把他们绑起来，再闷死他们。噢，上帝啊，我都不忍想象。

一个看上去气呼呼的警察，很像《基利纳斯克利》[1]里的那个，还带着一个镇上来的侦探，过来问了她一大堆问题。当天早上，那个鲍比还在她家，真是可怕。他们问她和他是什么关系，他们在她家里都说些什么，他

---

1 爱尔兰喜剧。

的行为举止如何。可怜的迪伦差点没被吓死，他还以为他的妈咪要被带去坐牢了，他们甚至还让她把他交给她爸看着，他们一起去警局聊。该死的家伙。还好蕾奥婷很清楚自己的权利，毕竟乔治那个混账也是首选事务律师。至少他曾经是，现在法律援助费用下降了，乔治也就不太接那些案子了。

噢，朋友们，这下真是有好戏看了。蕾奥婷搞得像是冤狱受害人一样，为那个男人哭得稀里哗啦的。我必须提醒，她不是他的妻子，也不是情人，更不是朋友——你和他的关系，我对她说，就是这样的：你是一个疯癫的单身母亲，住在一个鬼镇一样的小区里，天天在家里砸东砸西的，再叫他来帮你修。就凭这种关系，你根本没有资格在他的绞架下哭泣。他不是勇敢的心，我告诉她，你也不是勇敢的心的女朋友。有时候，你必须对蕾奥婷决绝一点。你必须告诉她真相。否则，她就会迷失在浪漫幻想的迷雾中。

还有呢。除了以上这些，那个杀人建筑工鲍比还认识肖尼呢。肖尼就是从那个疯人村里**来**的。她买房子的时候就知道了，但她竟然没有告诉过我。蕾奥婷保守的秘密真的有够疯狂。她会告诉我自己大便的颜色，却不告诉我这些事情。我是说真的，大便。有一天，她在办公室里走来走去，一副紧张兮兮的样子，就因为她觉得自己肯定得了大肠癌什么的，因为她的大便是绿色的。那是因为她前天晚上在我家偷喝了一桶红酒，不过是里面的单宁酸作祟。但我不可能告诉她。演戏。一切为了演戏。

有时候，她真是个怪人。她爸爸现在是多懊丧啊，自己竟然把女儿留下和杀人犯共处一室！反正，我不知道为什么他要杀自己父亲。乡下人大多是疯子。他们太**压抑**了。一辈子就去去弥撒，去盖尔运动协会打打球，吃农场里养的动物，种的白菜，还一直把事情闷在心里，直到某一天，砰！他们杀人了。或者自杀了。他们和城里的疯子一样，只是城里的那些能坦诚面对自己的无耻下流。总而言之，肖尼那头蠢驴又找来了，咆哮着说她上了自己的朋友，哭得像个小孩子一样，还想进门，从上往下看进她的上衣，还一边舔着嘴唇，有时候手还会无意识地往下掏一下。我没见过他几次，但我发现了他的那个习惯——真**恶心**——他会对着你的胸部讲话，还同时**舔着嘴唇**。他长得还行吧，挺粗犷的，身材倒不错（她就是因为这个才注意到他的，那天他站在办公室街对面的一个洞里，光着膀子，牛仔裤上方只有一件什么都遮不住的荧光外套，戴着顶白色头盔，然后蕾奥婷就像是在演健怡可乐广告一样），但他就是头畜生，真的。未开化的那种。甚至都没有**进化**。

蕾奥婷总是觉得一切都与她有关。有人被杀了，这肯定得和蕾奥婷息息相关。关于**她**的感受，**她**如何成为受害者，**她**去商店如何忍受那些乡下人张大嘴巴瞪着她的样子。这就是蕾奥婷。她只是例行公事地问我过得怎么样，她其实根本不想知道。如果我说，上帝啊，我其实感觉精疲力竭，妈病得很重，我还必须回家给爸做饭，或者我说，上帝啊，我真的很气，那次吵完架之后达伦一直没给我打电话……她的眼神就开始涣散，嘴里发出噢、唉的声音，或者假装同情地随意啧啧几声，而且变得越来越不耐烦，急着想讲讲自己的事情。我的意思是，从我们在商学院认识的第一天起就成了最好的朋友，但有时，我真的觉得自己好像只是容纳她想法、担忧和抱怨的树洞。我是爱她的，我真的爱她，她有颗善良的心，愿意为你**赴汤蹈火**，但是她总觉得世界是围着她转的。可怜的小迪伦，他是上天的宠儿，但是我不知道她到底知不知道他就在那里。她的心里还有空间容纳别人，容纳那个彻底依赖她的人吗？有时候，我很怀疑这一点。

　　我不知道为什么自己要花那么多时间去说或想关于蕾奥婷的事。她从来没空想到**我**，这是肯定的。我总是要**自我**邀请去她家看她。而她就会挑她爸不在的时候叫我去，就怕我跳到她爸身上去之类的，接着她就会打电话来叫我别去了，因为那个杀人建筑工疯子鲍比要过来吸掉她管道里的淤泥之类的，我都已经把这天的事情都推掉了，她却不管不顾。她总是自我中心。去年，妈病得很重，但她不让我提起这事儿，因为她母亲**去世**了，也就是说我不能因为我母亲生病而郁郁寡欢。达伦和我分手之后，我有四天都没能从床上爬起来，但**我**不能麻烦**她**发消息给乔治说我去不了了。我当时几乎讲不出话来，就算说了也是颠三倒四。过了大概三天，她打电话过来，就只会跟我说，啊呀，希拉里，拜托，他就是个**浑球**，再说了，他连**屁股**都没有，背上只有一个洞！挺搞笑的，我听了也的确好点了，但蕾奥婷根本没有同理心。

　　之前我们每周六都在城里一起度过，当时也是一样的状况。那是很美妙的时光，我也很喜欢和她在一起，毫不夸张，我之前会花好几个小时坐在更衣室门廊的椅子上，看着她一套接一套地出来走秀，还得一再宽慰她屁股不大。但如果我去试衣服，她就会在那儿叹气看表（表还是我攒了钱在她生迪伦的时候给她买的），她会说，呀，希拉里，亲爱的，快点，我再不喝杯咖啡或不抽根烟就要死了。

几年前，所有破事儿都挤在一起爆发，在经济衰退还没开始的时候，乔治就告诉我俩，最近产权交易减少，因为我们是最后进来的，而且又年轻单身，必须给我们减薪。当时我只能孤军奋战。我说，您知道的，麦克斯威尼先生，《平等法》中有关于歧视年龄、婚姻状况，还有，那个，嗯……那个肮脏恶心的浑蛋乔治只是嘲讽地扬着眉毛，双手组成 V 字形，支在薄薄的嘴唇下面，脸上带着卑鄙的微笑，对我说，继续，告诉**我**法律都说了什么，哈哈哈，而她只是站在我身后，就好像她和这场逆战没有半点关系，不过是勉为其难地、忠诚地支持她失常的朋友。结果她尽然**上**了这个死老头，还得到了**特殊假期**，可能是不带薪的，不过我不知道。尽管如此，我仍然爱她。

有工作不是已经很幸运了吗？这就是那根现在用来抽打我们所有人的棍子。现在，你只能闭口**不**言，否则那根搅屎棍就会捅过来。乔治开除了清洁工。接着他竟然看向**我**！这浑蛋。我当时想，**没门**，除了要去我父母家，还要我留在**这里**打扫，想也别**想**。当时我妈还生着那神秘的怪病，整个国家没有一个医生诊断得出来。再说那些操蛋的厕所怎么办？那些恶心的老长舌妇拉的屎就像肥牛拉出来的那样。再过一**百万**年也别想让我去刷掉她们留下的屎痕。给我什么人、什么东西我都不干。没有哪份工作值得这样。因此我只能又踢又叫又哭，直到他们同意所有的秘书都轮值来做清洁，每个人每三周都要轮到一次。接着**我**又必须嚷嚷这不公平；那些学徒和初级律师也该这么做。因此，就为了堵住我的嘴，乔治把那些律师也加上轮值名单——他清楚我知道他的秘密，不过就是不清楚我知道了多少——不过那些偷奸耍滑的总能找到借口：整天都被关在法庭，必须要早起去和客户商谈等等等等。因此大部分时间都是我在做。还每周要少拿四十欧。但我有工作难道不是幸运的吗？是啊，我**真的**很幸运。

肖尼

我真他妈不知道这个装逼肖尼的外号是哪儿来的。我记得那些伙计们在上初中的时候开始这么叫我，但被人起绰号也不算什么坏事，所以我也就让他们去了。有些人的绰号那才叫难听呢。来自戈特纳布拉肯的唐奈家的那个，就因为在去参加哈蒂杯的路上，在公交车里把胆汁都吐出来了，所以大家都叫他呕吐唐奈；那个从镇上来的被叫作乱伦强尼，因为他父母是表亲；那个和女修学院一年级女孩在一起的，从此永远都被称作摸娃怪。在某次午休的运动场厕所里，一只可怜虫被人发现在自撸，结果所有人从此都叫他淫球。有个伙计被称作炸鱼指，因为午休时，他总是会带着女修学院的女孩去城堡领地，之后一整天他都会闻自己的手指。还有大概十五个男孩是从真正的山野来的，他们都被叫作呆蒙。一半都是那些镇上的男孩们在给别人取绰号，我们其他人就像傻子似的跟着叫。听了以上这些名字之后，装逼肖尼似乎也不那么糟了。

我一直对女人很痴迷。在我还小的时候，就止不住地想她们。我之前还绕着阿诗荡路那边的小区，追着女孩子们跑，就想掀开她们的裙子。我之前还试图贿赂她们，就为了看看她们的内裤。我十三岁的时候，第一次摸到真正的奶子，是一个从都柏林来看表亲的女孩，她表亲就住在我们小区里，从我家往下走一点就到了。她当时十六岁。她的奶子小而滑腻，乳头很硬。她不让我看，只能在她 T 恤下摸。当时我的蛋蛋很疼。她问我想不想进她的洞洞，我就只是站在那儿看着她，说不出话来，最后落荒而逃。我不知道要拿她洞洞怎么办。之后我觉得很抱歉，就又跑回来了，可是她已经走了。从此，我再也没见过她，她表亲告诉我她回都柏林去了。直到三年后，我才真正见识了洞洞。我当时真应该在新教教堂后面光荣上阵。

我想装逼肖尼这个名字是这么来的——我无时不刻不在整理自己的头发，一定要保持自己的风流偶傥，万一路上有女孩子呢。我比那些猴子更注意自己的外形。我之前**每**天都会换衬衫，在我们那个圈子里从没有过这样的人。有的人一定要等到自己沾着尘土的衣服变硬了，才会去衣橱里再找一件干净的穿。每天午休时，我们都会坐在女修学院的墙头，偶尔会有一个丑女跑来问，有没有人，一般都是点名要我，愿意和她朋友一起玩玩。我很少会拒绝。为了公平起见，我甚至还会宠幸一下那个丑女。我和驼背、口吃、体臭女、女同等等都干过。有一次，我还上了一个戴着助听器、没有门牙的女人。之后几天，他们叫我痉挛淫魔，我才不在乎呢。上帝爱我们每个人，公平起见，那些女人也需要舒服舒服。

最后，这些无差别行为开始影响我的市场。那些绝望痴呆的人开始靠我解决生理需求，那些有一头漂亮金色长发、大长腿和小巧奶子的女人开始觉得我是食物链最底端的、有点恶心的变态，最终，她们对我避之唯恐不及。我只能有所取舍，于是一切又都好起来了。我还是觉得自己在女修道院是为了照顾那些可怜的年轻女孩，我让她们自信起来，还教会她们如何保证给人打手枪时不走火。这是个宝贵的生活技能。我保证，她们一定受益匪浅。

等我再大一点，开始造成一些严重伤害的时候，我总是很小心用那些橡胶套子。我一定会带一个，甚至两个。那个蕾奥婷把我当猴耍。她告诉我自己对乳胶过敏。她说她在吃药。她把我的背都要抓下来了。她持续了一整夜。差点没把我折腾死。我爱过她。见到她的第一天，我们在镇上做个下水道的活，她从对面办公楼里出来，和她的那个叫希拉里的朋友一起。她闪闪发亮，充满着一些镇上女人自带的可怕自信。那个叫希拉里的女人在她旁边看上去就像一个棕灰色的斑点而已。我站在一个洞里，像个乡下强奸犯一样看着她，而她正对我**指指点点**，还转头对她的朋友笑，那个朋友看着我，微笑了一下便移开了视线。这下我明白那些路过女孩们的感受了，我们就是这样眯眼看她们，对她们品头论足，又是大笑又是吹口哨的。那天晚上，她在龙虾锅饭店里和一个穿着休闲裤的小白脸说话。几杯酒下肚，我突然来了勇气，假装不小心，把沾着咖喱的薯片撒在他那条有皱痕的干净裤子上。噢，我的**天**啊，他说，带着城里人的口音。什么？我说，你是想出风头吗，孩子？不，那个可怜的笨蛋说，接着就像婊子一样跑了。我带着她去了宝奇给我们安排的宿舍，第二天早上，我就恋爱了。

我愿意为她赴汤蹈火，可不久就跌入了深渊。我想，她就是想看着我不能自拔，就好像故意的。她让我裸骑的前一天晚上，问了一堆关于我家族病史的问题。之后，她好像就开始厌烦我了。她问我，如果她从镇上搬出去，我还会照看她们吗。我说，我当然会的。于是她买了宝奇的一幢房子，我一开始还挺高兴的，不时去看看那个小男孩，但是她好像看到我就很恶心似的，对我各种挑三拣四的不满意，最后就彻底把我从她生活里抹掉了。没过多久，我就发现鲍比和她搞上了，这个该死的两面派。鲍比否认了这一切，他说他不过就是去看看那些跑腿小工有没有把活干完，因为听说国有资产管理局的人要给宝奇他爸一笔钱，让他把那些房子修完了。她当时正好在那里，而他根本不知道她是谁，她问他能不能帮她干些活，他上了三次门之后才知道她是谁，结果这时候，整个村子都在传他们两人搞上了，我爱怎么想随便我。我还能说什么？

说句公道话，鲍比是我们中唯一一收工就回家的。他从来不在宿舍逗留。他一心就扑在池奥娜身上，一直如此。他之前从没见过蕾奥婷。我也没怎么说起过她搬出去这件事。我不知道为什么没说。可能就是不想倒霉吧。我家里人总是死守着爱尔兰保守秘密的传统。这快让我尴尬死了，藏着掖着不敢说，就怕别人来指手画脚，把你当傻子看。

我现在真的六神无主了。鲍比刚弄死他家老头，蕾奥婷不肯让我进门，她那个好老爹跟我说，最近还是让她一个人静静。去他妈的。那也是我的儿子，不过对他来说，我也没什么用。我能有什么用？

我从没想过自己也会抑郁，真的。人很容易就会掉进那个洞里。当你的一切都变了，当你发现你本以为自己所有的，其实从来不曾属于你，当你发现未来在一座永远爬不过去的黑暗高山的另一边，很快就会失去自我。高中毕业后，我一天都没有闲下来过。我刚好做满钢筋工的培训工时，从学徒出师，宝奇他爸就把整个公司交给他，他就给我们所有人派了工作。我们什么都干：道路、房屋、模板、种植、排水等等。宝奇参与了所有项目的招标。他找了一群波兰转包商，我们还以为这就是个笑话。然而转包只是个骗局。他整了我们所有人，大家笑不出来了。我却还是继续到处转悠，笑着开玩笑。我不会让任何人看出我的恐慌。

所有人都觉得我吊儿郎当，什么都不放在心上。我从来没有告诉任何人，有时，我会感觉某种黑暗在把我往下拖，让我去想那些我不想去想的事情。它一直在那里，但我却不知道，直到每个人都开始说抑郁症、心理健康什么的，我才明白。我不是精神病，真的。只是有时候，我看不见那些黑暗。它一直在，等待机会缠到我身上。我总是想为什么我要被生出来，为什么我妈妈就为了给我生命，要经历那种痛苦，为什么我爸爸要做牛做马给我买东西，他几乎满足了我的一切物质要求。我想到爸妈，想到他们一直都那么善良，一直鼓励我，即使很明显我是家里的那颗老鼠屎。还有，他们发现我搞大蕾奥婷肚子的时候的那种失望，那时他们都没见过她。后来他们见过她之后，觉得她拉屎也是香的，甚至有段时间还挺以我为豪，他们甚至以为我会和她结婚。

结果现在，他们再也不能见那个孩子，心都碎了。这些都是我干的好事，是我让他们这么沮丧。有时候，我觉得呼吸困难，心跳得厉害，耳朵里还有呜呜的声音，我便弯下腰，把头埋进双手里，最近的几次，我摊开手时，发现上面有眼泪。没有人知道，永远不会有人知道。我很快就会出人头地。我没有理由这么丧气。

我还会想我的儿子，小迪伦，他是多么可爱，再想到我自己总是在蕾奥婷面前出错，不小心看着她的奶子，结果她就会勃然大怒，我就只是像块石头那样杵着。我没法振作起来，一和她在一起我就变得很丑恶，叫她滚开，我没法好好告诉她我想要什么，因为我不能在压力之下思考，特别是当她站在那儿，盼着我像个男人一样。发现鲍比在给她干活的那周，我的情绪彻底失控了；为什么她不叫**我**去干呢？可那个时候鲍比也失控了，他出乎所有人的意料，抢起一块木板拍在他老头脸上。我不仅没有理性地问她这是怎么回事，反而像头公牛一样冲过去，像头蠢驴一样大声咆哮，结果把那个小家伙吓坏了。她老爹也只好动手赶人。我跑了很远，一直跑到城堡湾，坐在草坪前的矮墙上，前面是那片小石滩，我眺望着暗沉的湖，想着湖中央的那个无底洞。

几年前，很多住在上面村里另一头的女人都会开车来城堡湾，她们会把车停好，自己走进湖里去。在冬天的那几个月里，时不时会有这么一个女人来寻死。那些女人都有丈夫孩子。我记得当时自己还笑话这些女人，开着愚蠢的玩笑，说，上面那些男人在床上一无是处，要是我的话肯定让她们立马欢腾起来，哈哈哈。上帝啊。我笑着，却感到恶心。我知道是什么让她们下山，来到这黑暗低沉的湖边。那水好像在召唤着你。在那些小小的水波下，藏着一切的终结。我想，要淹死是很容易的。只要让水填满肺就行了，之后只剩下漫无目的的漂荡。我为什么不能做那个别人眼中的我呢？我真的很想做装逼肖尼。我不想再回到这里，不想再坐着看水。

凯特

经济衰退之后，发生了一件很糟糕的事情，那就是戴尔关门大吉了。这差点没害死我们。他们**都**是戴尔的。爸爸总说我把所有鸡蛋都放在了一个篮子里，可我只是叫他闭嘴，别多管闲事，还耻笑他那焦急的脸。他着急的时候，整张脸都皱起来，就像个可怜的小宠物那样。他的焦急是有道理的——戴尔关门之后的大约三个月，我付出去的工资比进账还多——但我从没想过放弃。这种时候，你不能浪费时间在抱怨和责备上，而是要反击。我制作了一大堆电脑传单，敲了城镇这边每一个小区的每一栋房门，还去了城镇另一边的大部分地区。我甚至还去了城堡公园和安纳科蒂。它们现在不是通高速了吗？我一刻不停地忙了三周。我的报价已经是最低的了。我保证可以帮客户省钱。我祈祷卫生服务中心的检查员在三周之内千万别上门，因为我不在的时候，儿童与看护的比例有点低。不过我每天都会回去看我父母。下班之后我总是会回家的。

经济衰退之后也有好事，那就是人们愿意拿着比最低工资还低的工资工作。最低工资就是个笑话。除了我之外，还有谁有权规定我付多少工钱？爸爸说，只要疯狂的法律还在约束雇主给员工付天价工资，那么就不存在真正的市场自由。他说，爱尔兰从头到脚都被管制着。那些官僚作风！简直难以置信。于是几周前的一个傍晚，我把店里所有姑娘都叫进厨房，告诉她们要么所有人都减薪，要么走两个人。那个小贱人努埃拉立刻开始满嘴喷粪：您可不能这么做，您现在付的已经是最低工资了——而且我们连**休息时间**都没有！这家伙。她一天大部分时间都在休息。我去年就应该让她跑路了，但我知道她肯定会把我告上仲裁庭的。于是我说，实际上是这样的，努埃拉，我可能必须让我妹妹和我妈妈过来帮忙，而你反正也没有**什么**家庭责任，所以……她这才闭嘴。

　　谢天谢地，现在一切又都顺风顺水起来。这个免费育儿年可以让我们都吃饱了。更好的是，我这儿来了个有蒙台梭利育儿执照的老师——那天，这个小伙子带着自己的简历和推荐信走进来，他不仅有育儿**学位**，而且还是个蒙台梭利教学法硕士。他手里捏着我的广告。我知道没有人会让男人做这份工作，但是他也没什么男子气概，反而看上去非常阴柔，声音也很温柔好听，还长着一对好看的蓝眼睛。他叫特雷弗。我甚至都不用去《利默里克领袖报》上面打广告。我当时决定就打一星期的窗口广告，结果就成了。等我和他的推荐人确认完毕，就立刻让他开始上班。他还轻声对我说，他不会要求什么最低工资，他愿意每小时就赚七欧元，要现金。他可以用补差的办法让账面上过得去。他知道所有的行话。天啊，他一定是上帝派来的。不仅如此，这个叫特雷弗的小伙子过来的两天前，有个叫蕾奥婷的带着她可爱安静的小儿子迪伦来找我。她在亨利街上一家律师事务所工作。也是个大公司，她说那里还有两个员工也在休产假。都是**第一**胎。当然，她会把我推荐给她们的。

照现在这个发展趋势，我很快又要拒收一些客户了。

丹尼斯觉得我招一个**男**的蒙台梭利老师是疯了。后来他发现，原来他以前认识这个小伙的父亲，好像是个牙医，就在丹尼斯小时候的住处附近，但他们是大人物，房子四周围着高墙。我觉得他不过是想找个不用装成大老爷们的工作，他不想又吐痰又放屁还要互相谈论睾丸，把对方说成屎才罢休。男人为什么要这样？总是互相较劲，说别的男人是怪胎，却又和傻瓜一样想着超越对方。男人是不被允许竭诚合作的。反正这不关我的事，我才不在乎会发生什么事，我现在有了一位可爱的蒙台梭利老师，可以开始招学生来上免费学前班了，连花园都染上了玫瑰的颜色。

有时候，我觉得丹尼斯似乎很气我的托儿所就这么做起来了。这是不是糟透了？他难道不应该高兴吗？不过，这就是男人；他们在**任何**情况下都不愿屈居于女人之下。戴尔关门的时候，丹尼斯又无事可干，哪儿都不要电工或木匠，我们还是吃着之前托儿所赚的老本过来的，这比杀了他还难受。一开始，我也觉得有点抱歉，可能对他来说这太不寻常了，但到后来我就只想抽他个大耳刮子，叫他别自以为是了，认清现实吧。他只要从小活开始干就行了，这是他五年前做梦都想不到的。的确不容易，但也只能自己搭桥走过去。上帝啊，丹尼斯很讨厌这句话。他是个好工人，这点我必须承认。他只是假装现在托儿所并不存在，谁都不能提起它。不过，他倒是不介意用它赚来的钱维持生计。上帝啊，我最近在他身边都必须**小心翼翼**。他为什么这么敏感？我大概有四个月没有性生活了。他最好别想出去拈花惹草。我会把他阉了的。割掉。干干净净。割掉。

现在让我恼火的就只有努埃拉那个小婊子了。你看到她就知道了，她趾高气扬地踱步，就好像那地方是她的一样。有一次，我抓到她朝一个小孩龇牙咧嘴的。给我吃掉，给我吃掉，给我**吃掉**，她恶毒地低语，拿装满食物的勺子抵着那孩子紧闭的嘴。天啊，她原来背地里有这么恶毒的臭脾气。我质问她，她就理直气壮地顶嘴。怎么，她说，那我该怎么办？她他妈的不肯吃该死的午饭。难道我们要看着他们营养不良吗？我叫她别再这么做了，这次我记下了，她就问我记在哪里了，她能不能也有一份，上面要记些什么，还有谁会看见……最后，我不得不说，看，这次不记下来了，但别再凶孩子了。她赢了。耶稣啊，我真是气得冒泡。几个月前的某个周日晚上，她在脸书上写了一句评论，关于明天要上班的事，我的朋友利兹看见了，上面写的是，我的天啊，宿醉得厉害，明天又要去擦一整天的屁股。她后来肯定是紧张了，因为利兹说她立刻都记下来了。从此之后，我就会定期检查她的脸书。她们都知道，但是现在她们也没办法真正屏蔽我。一群小巫婆。

丹尼斯特别闲的时候还是会每天开着他的小货车出去。我没有问他去哪儿。他说，就是四处看看。有一天，我叫他在厨房和托儿所里多装几个插座，他哼哼哈哈，嗯嗯啊啊的。你能想到这反应吗？噢，我说，天呐，对不起，我也为你还会挺高兴有活干的！我承认，我这话很贱。丹尼斯要是真愿意的话，也会变得很邪恶。他的父亲就是个恶棍，我觉得丹尼斯就是小时候受了他的坏影响。让我来给你说说，那个小婊子在休息的时候跳起来，去露台门外抽烟，就在丹尼斯装插座位置的旁边，我向上帝发誓，我看见这恶心的变态顺着她的腿往上看，舌头像狗热疯时那样荡在外面。她穿着条牛仔迷你裙，我已经特别警告过她别这么穿了。哎呀，太**热了**，她说。**这**周我就不可以再穿一穿吗？我还特别叫她不要在休息的时候抽烟——有那么一两个时髦妈咪的鼻子比猎犬还灵。但她觉得吸烟什么的都是她应有的权利。让我告诉你她没有的权利：在我丈夫面前晃她的小屁股！

刚开始和某个人约会的时候，你是否不介意他们身上有时候会有些味道吗？我之前觉得丹的体味还挺性感的，因为这说明他在做体力劳动，又强壮又有男人味。的确是这么回事，科学证明女人在第一次对男性产生幻想的时候，会被他们的体味吸引。让我告诉你另一个真相——很快这种幻想就破灭了。如果是新鲜的汗水在坚硬如钢的肌肉上闪烁，那倒是无所谓，但要是从耷拉下来的男乳上滴下来，或者干在肮脏的 T 恤上，那就是另一码事儿了。如果某人宁愿坐着看球赛也不愿花两分钟洗澡，那散发出的体味简直让人反胃。我承认上次丹尼斯想和我亲热的时候，我的反应很糟糕。**把你那汗津津的大屁股挪开点。**现在回想起来，的确有些伤人。他看上去很受伤。他立刻下楼，打开电视，看了几小时《黑道家族》的 DVD。不知道他有没有哭？我觉得他有点像托尼·瑟普拉诺。

上周的某个夜晚，我做了一个梦。丹尼斯和努埃拉在他的货车里玩车震。我看见他在死胡同的尽头停下来等她。我一路尾随。我抓到他们在车里，而车停在教堂外面。我趴在窗户上看，他们在后座。她跨坐在他身上，牛仔迷你裙褪到腰上。货车的门锁住了。我在那儿又叫又闹，狂拍窗玻璃。然而，就好像我不存在一样，他们还是在继续。我甚至还能看见丹尼斯的鼻毛。他面朝上躺着。他抬起头，直勾勾地看着我，笑了。她转头，也笑了。她的牙小而尖利。门突然开了，我发现自己手里捏着根管子。管子里喷出火焰。我把管子指向他们，他们便着火了。我把门关起来，听着他们在里面燃烧，尖叫。等我醒来，发现这一切都是梦的时候，却没有像平时噩梦初醒松一口气的感觉。我甚至觉得有点失望。耶稣啊。我是个怎样的怪胎？

劳埃德

几周前，特雷弗来找我的时候，我以为他已经彻底疯了。为什么他不发短信或邮件或用脸书联系我？我不明白他怎么突然回归现实了。他难道不知道自己在虚拟世界比在真实世界酷一百万倍吗？上帝啊，他形容枯槁。他想让我帮他**绑架**一个**孩子**。我以为他又在给我灌输某种概念，给我某种新的角度让干果在沃洛夫宇宙中继续猜想下去——就像他去年说，我们偷偷溜进他们的后宫，把所有的女孩（或者在明的故事里，男孩）偷出来，把他们的性奴系统全面摧毁，再把他们变成长着动物头的肥胖生物，再把他们的所有信用清零。但他是真的想让我和他一起掳走一个活生生的孩子：他现在已经以**蒙台梭利老师**的身份潜入了一家托儿所，我只要开车过去，他会把孩子交给我，我帮忙看着，看一个晚上之类的。

三周前，妈妈来了。这次我让她进来了。她看见了我的水烟枪。我盯着她看了很久，而她三番两次瞥向我的水烟枪。我知道她知道那是什么。她都他妈的活了六十年了。我不是故意放在外面的，只是这个公寓实在太小了，垃圾堆得到处都是，那你就不会在意什么人体工学了。那水烟枪在折磨着她。我看见她鼻子和上唇之间有细小的汗珠排着队挂在皮肤上。那块地方叫什么来着？我永远也记不住。她一开始的不适转化成了痛苦，而这痛苦在她的整张蠢脸上签上了名。我则开始享受这一场面。我想知道自己究竟遗传了她些什么。接着我想起来了。一切。她走的时候说，求你了，劳埃德，求你了……我说，什么，妈妈？求我什么？我扬起了眉毛，得意嘲讽地似笑非笑，因为我知道这会让她无所适从。也让**我**自己无所适从。

照顾好自己。我……我……

接着她转过身，像只小白鼠一样匆匆跑下公共楼梯，回到她担惊受怕的酗酒狂生活中去。

　　我很小的时候父亲就跑了。我想他应该是受不了妈妈了。我记起最后一次见到他。他看上去很不一样，穿着 T 恤和牛仔裤，套了件外套，还把领子竖起来了。我记得自己觉得他很酷。他亲吻我的头顶，说，我爱你，孩子。我没有回答，只是站在走廊上看着他，不知道为什么妈妈要大口喘气，还一只手掩面，一只手拉着爸爸的手臂。妈妈给我编了个狗屎一样的故事，告诉我他要去为政府做很重要的工作，去修复臭氧层空洞。我让自己相信了很多年，直到我听见她和一个神经病朋友在打电话，说我爸的事。他已经和另一个女人结婚，生了另一个孩子。一个男孩。那天晚上，我开始磨牙，好几年都不停，直到有一天磨到了神经，痛得差点晕过去。

　　我现在知道了，那些不过是我给自己设定的一系列测试。我觉得自己没通过，这就是为什么我仍然在黑暗中摸索。

　　我梦见自己杀了那个孩子。我可以告诉你，我搞砸了一切，但不是你想的那样。我不是故意的，我只想看看自己要做到什么程度，才能自我恶心到停下。接着我醒了，那个孩子就站在那里，瞪着害怕的大眼睛，视线越过行军床的边缘看着我，我大叫，**他妈的，谢天谢地**，把他吓得屁滚尿流，是真的屁滚尿流。但作为一名唯我主义者，我知道在梦境中越界是很危险的事。这是梦境预言，我知道它有实现的可能性。我还是不允许自己彻底沉浸在真相中：我在宇宙中孤身一人；这个宇宙由我所创，为我而生，除了我的意识之外，其他一切都不存在。我必须去探索自己的边界。我必须先洞察这点，才能打破壁垒。我必须放下对自己所造之物的感情。我为什么要这么对我自己，为什么要用良心削弱自己？虽然我明白在我之外，一切都没有后果，我还是会对某些事情感到**忧心**，这一定有它的意义。很明显，这是我给自己设定的另一场测验。但是我不知道怎么通过它——我该如何克服障碍？是听从摧毁一切的欲望，还是抵制这种欲望呢？我想从自己那里得到什么？为什么我这么难以参悟？

　　无论我怎么想，在梦里杀死那个孩子还是让我很困扰。现在，我不知道该怎么办了。模糊再次压倒了清晰。这些测试，这些测试啊。特雷弗一定有某种意义——他肯定是某种行为修整器之类的。很明显，他是我不可或缺的一部分。他是一种冲动、一种天性、一种战斗或逃跑机制。他给我这个孩子是要给我展示一些什么。也许我应该直接问他。不过，在特雷弗面前，我一直都酷得像座冰山。我认为，他并不知道自己脱离了我就不存在了。这我很确定。我要让他在我面前卑微又敬畏。我想，或许我该让所有的造物都这样。让妈妈这样很容易。但我花了很多时间才做到。唯我主义并不如看上去那么容易。活在只有一个人的宇宙是很艰难的。但是你已经知道这点了，因为你也是我。

我记得当我告诉特雷弗我要做唯我主义者时。他笑得像只智障的肥鸭。他对着我**发出嘎嘎的笑声**。哇，他说，这**真**是个很好的不找**工作**的借口。我为自己突然放下威严的斗篷，开始自我防卫而羞愧。我又拯救不了**经济**，我用可悲的、失败者的声音说。**什么**，那个浑蛋眼里透着喜悦说，**你**拯救不了**经济**？作为唯我主义者，难道不是你**创造**了那该死的经济？接着他又嘎嘎大笑，而我抽了他一大嘴巴子。他眼里立刻飙出的泪水让我着迷。我伤害了他，也伤害了自己。我觉得自己的脸上也火辣辣的。我和特雷弗之间的战斗显然是某种内心矛盾，某种破而后立的过程，让我成长，变得更加强壮，这就和锻炼肌肉一个道理。必须经过摧毁，才能更进一步。

那么，现在我有了这个孩子，他让我头疼得厉害。很明显，是我自己走到这步的，我只需弄清楚原因。这个孩子还挺可爱的。他叫迪伦。他不停地喊**妈妈**和**牙牙**，哭喊着，指指点点的。唯一让他安静下来的办法就是带他**看**东西。我必须抱起他，指着某样东西，说，看，迪伦，看那个音响，看，迪伦，看那个炉灶，看，迪伦，看那个该死的沙发。这孩子喜欢看各种垃圾。这种情况让我开始有点恼火。我可能因此万劫不复，会上新闻什么的。有时候，我忘记了唯我主义，开始相信外力可能摧毁我。其实它们都是**内在**的；我的恐惧是我必须克服的自身的弱点。当我无所畏惧之时，我就走完了这趟旅程。之后，我就会成为自己注定要成为的存在。我不确定自己真正的形态是什么。在杀死所有的魔鬼之前，我无法发现真相。

旋转的心

罗里

这个夏天正渐入佳境。我们马上就有世界杯看了——特别是我们国家队没打进去的时候就更好看了——五月和六月末的天气还算不错，鲍比也开始渐入佳境，他自己出去做保温隔离之类和环境相关的活，大家都说这可以拯救我们所有人。一天傍晚，他打电话叫我过去，我就去帮忙堆放他前一天傍晚砍的灰树木料，我们一边干活一边聊着他的计划。我喜欢这种谈话的方式，因为这样就不用点头同意对方或看着对方的眼睛。这给你停下来思考的空间，手头的活儿则填补了言语的空白。我回到家，心情好到飞起。我甚至还告诉了父亲和母亲。母亲又和往常一样充满戏剧性地说要为我们这个计划连续九天做祷告，为了鲍比·马洪感谢上帝，父亲也赞同，说，上帝保佑，让鲍比这样的人带着大家走出低谷，上帝看着他也会感到欣慰，如果有人真的能让这一切起死回生，那也只有鲍比了，继续跟着鲍比干吧。那天晚上将近尾声之时，我都开始讨厌鲍比了，奉一切神圣存在之名，我真不知道自己为什么要张开大嘴巴把这事儿说给他们听。不过，至少让他们高兴一阵也好。

再之后，鲍比就成了脚底泥。那些关于他背着池奥娜和肖尼的女人搞上的事情都是假的，但这是一切疯狂的源头。我觉得是住在另一幢房子里的疯老太婆传出去的。她一直在那儿监视着他进进出出给肖尼的女人干活。我们一开始甚至不知道她就是肖尼的女人，等我们发现也已经太晚了。那个怪胎从来不跟我们说她的事情。他有时候真怪得可以。不过对鲍比来说，就算安吉丽娜·朱莉来勾引他，他也不会理会的。他就像个该死的牧师，真的。好吧，一位和美女结婚的牧师。结果，他出乎所有人的意料，杀了他家那老头。我不知道他被保释出来后，该不该去找他。我还没给他打过电话什么的。我该说些什么？你好啊，鲍比，真抱歉你杀了你老爸？说句公道话，可能不是他杀的。尽管大家都说吉姆·吉尔德去下面找到他的时候，他的手里拿着一块木板，那个老头的尸体都硬了，头被砸凹了。是鲍比打电话叫吉姆下去的。好像他**想**作死自己一样。鲍比他爸就是个浑蛋，一个扭曲的臭老头。鲍比肯定是忍无可忍了。

不管怎么说，我现在成了无头苍蝇，本地找工作肯定没希望了，所以我的伦敦计划又提上了日程，我的父母去哪儿都哭丧着脸，好像我告诉他们我得了脑癌还是什么的。每个人都在说这个国家完蛋了。它会榨干你，就这样吧。这个国家完蛋了，这个国家完蛋了，这个国家完蛋了；说这话的人几年前还在到处说这个国家经济会疯涨的。他们站在下面的小店里，围成一圈，互相比较自己的不幸。我很想告诉他们，他们就是一群可悲的白痴，不过要是情况好转了，或者伦敦计划失败了，我还得从他们手上拿活干呢。不过说句公道话，伦敦估计也没戏，因为那个老头到处说他会因此中风的，说奥林匹克的项目早被人瓜分了，爱尔兰人已经上不了船了，还有母亲也捻着念珠哭泣，一个九天祷告接着一个九天祷告地念叨。耶稣啊，我怎么能就这样离开他们?

　　我希望自己能更有想象力，也更有勇气。我一直在思考——最近我思考得比以往要多多了——我觉得有些人与生俱来就是当追随者的。鲍比那种人就有能力自己想出做隔热材料，还能去找人一起商量，再把商业计划书交给那些大公司，然后去信用合作社借贷。我也可以做这些，只是我没有他那种让一切顺利、让人轻易**相信**他的气质。这种气质综合了想象力、勇气、自信还有其他一些我无法言传的东西。这种东西让你觉得他与生俱来就是要指挥他人，而非被他人指挥。每次看到宝奇坐在窗和写字台中间，而鲍比则背对着门坐在他对面，都会觉得这画面不太对。宝奇会确保写字台对面的椅子要比他自己坐的那张小。他尽力压低鲍比，就为了表现自己才是老板。我们都知道他怕鲍比。宝奇之所以是老板，不过因为他老爸把一切都传给他了。宝奇才应该是那个死老头的儿子，鲍比就该是含着银汤匙出生的。不过这样，鲍比是不是也会变成和宝奇一样的小滑头? 这只有上帝知道。

　　有时候，思考会让人鼓起勇气。那天，我在镇上看

　　　　　　　　　　　　旋转的心

着一张仓库演出的海报。一个小美女走过来，站在我旁边，问我去不去。她有一对小巧的奶子，一头黑色短发，眼妆有点浓，不过我挺喜欢的，而且不用看我也知道，她屁股一定很挺翘，我倒是顺利和她聊了起来，因为我没有花五个小时去想我要和她聊些什么。我当时穿着件小妖精乐队的 T 恤，她说很好看，还说我有点像布莱克·弗朗西斯。什么，我问她，是因为我胖吗？结果她满脸通红，说，不是不是，耶稣呐，我是说你的**头发**和穿着，哎呀，上帝啊……看着她这么窘迫，我觉得自己真是个浑蛋。我说，我是开玩笑的，还问她有没有去看他们〇四年的演出，她说她当时去看了凤凰公园**和海**角那两场，我说**我**也是，结果我们两次其实都靠得很近，三分钟之后，我开始慌了，怕这就是我的人生巅峰了，我竟然在等待报到的时候，在一条肮脏的街道上，和一个偶然遇见的漂亮妹子说了那么久的话。好了，她说，我得走了，我要去面试一个垃圾工作，给我个号码吧。接着她立刻就发了条短信给我，只有一个词。我这便知道了她的名字，**郝丽**，还有了她的电话号码，而且她也喜欢小妖精乐队。她走之前还说，要是你有兴趣的话，给我发短信。我像头蠢驴一样问，对**什么**有兴趣？

她大笑起来，说，当然是**演出**啦，笨蛋。说完她柔声笑着走开了。我的确没猜错，她**的**屁股很翘。

最糟糕的是，我知道自己不会去看表演的。我立刻就开始考虑这件事了。没有男人会愿意和我一起去，而我也不可能就自己一个人去。是不是很虚幻？就算我鼓起勇气，自己一个人去了，我可能也不会给她发消息，万一她带着一大群很酷的朋友，把我当成从狗洞里钻出来的怎么办。而且他们肯定还要喝好几轮伏特加和红牛，那我就只能跟着喝了，可能还付不起钱，搞不好还要撑面子问他们准备喝啥，然后傲娇地不跟着去酒吧，而是偷偷溜出门跑回家，之后她就会给我发条只有问号的短信，而我会对自己的恐惧和没用而感到尴尬羞耻，直接把手机扔河里去。

科特神父在学校里对我们说过，作为基督徒，面对道德上的困境时，应该问自己一个问题：耶稣会怎么做？我一直都卡在这个问题上，除了小时候，因为我把我老爸当作耶稣的替身，再长大些，鲍比·马洪占了这个位子。我怎么会知道耶稣会怎么做？在我看来，那家伙本身就充满了矛盾。一分钟前他说要把另一边的脸也给人打，一分钟后他又怒气腾腾地掀翻人家的摊位。他说柔顺的人有福了，之后又对着所有人又叫又咆哮的。他从死里复活，几周之后又自己升天了，留下一帮兄弟们受苦。如此看来，和鲍比一样，宝奇似乎也挺像耶稣的。我可以问老头要七十欧去看那场表演，等我救济金到账之后再还给他。宝奇害得我们所有人都没有养老金，所以只好等着找工中心给我们钱。父亲肯定会给我，但他一定会想，我这儿子多出息呀，二十七岁了，还问我要钱去跳舞？可能他不会这么想，但就算想到他这么想的可能性，我也不可能去问他要钱的。我可以直接和郝丽发条短信说点好笑的，或者问问她垃圾工作的面试怎么样了，或者直接给她发个笑话，如果她回短信问我周四去不去，我就已经准备好怎么骗她了，这样的话我或许还有希望追到她，而且不用再担心去不去看演出。不过，这个演出倒是个好机会，我可以轻易对她发动攻势。我知道她喜欢我，我又不傻。像她这种马子表现得很明显，却不让人生厌，只是通过特定的笑容、眼神和问题来表现。机会就在那里等我，但我不会去抓住。我就留在家和父母一起看《加冕街》，思考着思考会如何让你无法生活。思考着郝丽是否和另一个喜欢小妖精乐队的男人在一起，而他无意中战胜了一个他从未见过的男人。

下周我会再去一趟镇上。我会站在那里看同一张海报，到时候那上面的表演已经结束了，看看我能碰见她的几率有多大。这次，我会穿上珍珠酱乐队的 T 恤。她可能也去看了那场演出。我会一直站在那里，直到发觉自己是个呆瓜，接着就会坐上公交回村。夏天的雨从玻璃窗上流下，我会看着她的号码，那颗懦弱的心又恢复了缓慢的节奏，浪费着时间。之后，我就会删掉她的号码。

旋转的心

米莉森

今天早上，爸爸在吃早餐的时候放了个屁，妈妈就生气了。她说他是个臭虫，说他除了放屁什么都做不好。我很为爸爸难过，因为他看上去好伤心，而且脸涨得通红。他对妈妈说，对不起亲爱的。妈妈却用一只手臂捂住鼻子，另一只手把桌上的东西弄得乒乓响，好像很讨厌爸爸那样。他放完屁以后对我笑，就和平常一样，但是妈妈说别把**她**降到**你**的水准，你敢**把**孩子带坏试试，你是个坏**榜样**。妈妈说的话我有一半都听不懂。妈妈还告诉爸爸，**我**比**他**还会赚钱，因为**我**一个月会给家里带来一百五十欧元，他就只他妈的带个屁回来。之前她也这么说过。孩子比你赚得多，休吉，孩子比你赚得多。之前爸爸说那个词的时候，妈妈会凶他好一会儿，可是现在她自己也在我面前一直说。真是个好玩的词。他妈的，他妈的，他妈。我在自己房间里说这个词，但肯定不会让妈妈听到的。我就是想感受一下这个词从我嘴里说出来是什么感觉。爸爸有天晚上用一个很可怕的词来说妈妈，我记不得了，但是我知道它肯定很糟糕，因为爸爸一说完就对妈妈道歉，妈妈这次没有嚷嚷，只是哭。爸爸没有工作了，他还不能领救济金，因为他自己就是个老板。爸爸说了很多关于那些发救济金的人们的坏话。很糟糕的坏话。爸爸说他用自己的双手建造了这个国家，而那群人只是躲在里面喝茶。妈妈说，啊，闭嘴。

妈妈在特易购工作。她告诉爸爸，她的手指都要磨成骨头了。我听见的时候就哭了。我想象她的皮肤从手指上掉下来。我以为她的手指要掉下来了。就像村子里那个腿掉下来的人，现在他装着一条金属腿，而且他还会喝醉，摔倒在人行道上，人们就必须把他捡起来。爸爸告诉我不要看他，有一次做完弥撒回家的路上，我们看见他倒在路边，妈妈说，噢，休吉，停车，帮他一把，爸爸说，帮他个球，那人就是个垃圾，就应该躺沟里才对。妈妈一路上都在骂爸爸做完弥撒之后还这么坏，说他不给孩子树立一个好的基督徒榜样，问他要是躺在那里的是**他**，人们开车经过他，跨过他，就是不扶他起来，他会怎么想。爸爸什么都没有说，但他的脸越来越红，后来我们回家吃晚饭的时候，我发现有一条长长的鼻涕从我的鼻子滑进了肉汁里，就像一道小瀑布，然后我才知道自己哭了，可我也不知道为什么哭。我总是在自己还不知道的时候，就开始伤心哭泣。接着妈妈爸爸就不吵了，也不说话，而是抱着我，说，对不起，对不起亲爱的，对不起小宝贝，噢，这不是**你**的错，对不起，对不起，对不起。有一半时间，我都不知道他们在说什么。

爸爸平时会去特易购接妈妈和阿森塔·吉尔。其他开着车的人都是浑球。我大叫浑球，爸爸就会笑起来，叫我不要用这么大胆的词语。接着我又叫一声，爸爸又笑了，还假装生气。你就是个浑球和无赖，我学着爸爸的样子向窗外喊，爸爸就说米莉森！我知道他只是一时生气。之后他总是会立刻对我笑笑。妈妈不在的时候，镜子里的爸爸总是在微笑。妈妈在的时候，镜子里的爸爸总是在伤心。镜子里的爸爸从来不在从特易购开回家的路上唱歌，只在去特易购的路上唱歌。阿森塔·吉尔闻起来像根香烟。她一直在和妈妈说单位里的那些小婊子，说她们多么狡猾。她们总是给阿森塔惹麻烦，欺负她。妈妈赞同她的说法。等她走了，妈妈就跟爸爸说她就是头蠢牛。我从来不会在妈妈或阿森塔·吉尔面前说脏话，因为我不想给爸爸惹麻烦。

　　夏天快结束的时候，我就要回学校了，爸爸就不用照看我了，他还告诉我要是他的宝贝女儿不在，那些早上他都要做些什么，他要出去找点真正的活干，而不是和我一起坐在沙发上，看依古比古和小猪佩奇，他这么说的时候，我就很难过，因为我不想自己去学校，留下爸爸一个人伤心难过，而且小猪佩奇不和我一起看的话就没什么好看的了。为什么爸爸们不能去学校呢？可能现在他们要去了，因为大家都害怕那个儿童绑架魔。城里有个小孩被绑架了，他是住在我家那条路上面的那个女士的小孩，镇上一个大购物中心旁边的小房子里的人在照顾他的时候，一个人开车把他带走了。妈妈的朋友

来告诉她这个小孩丢了的时候，她用手把嘴遮住了，她
还一直说，噢，亲爱的耶稣，噢，亲爱的耶稣，噢，亲
爱的耶稣，接着她开始哭，我也开始哭，因为我很害
怕。接着爸爸来了，妈妈又开始凶爸爸，叫他最好一秒
都不要从我身上移开视线，你听见没，一秒都不要疏
忽，爸爸就站在那里，说，我当然不会疏忽，妈妈说，
反正我上班的时候也不知道你怎么照顾她的，反正你就
是个可怕的傻瓜，你可能让她一个人跑到路上去，她一
直说说说，我说，妈妈，爸爸一直把我照顾得很好，我
不会跑到路上去的，爸爸每分每秒都看着我，接着这两
人就争先恐后起来，妈妈要抱我，爸爸也要抱我，妈妈
推开爸爸，爸爸**哭**了，我害怕极了，比妈妈哭的时候还
害怕，因为爸爸们**从来**不哭的，妈妈也为自己凶爸爸感
到很抱歉，因为她变得非常安静，还上下揉着爸爸的手
臂，拉起他的手，爸爸想用另一只手把脸遮住，他们肯
定把我忘了，因为他们开始疯狂地拥抱，看他们这副样
子，我不介意他们稍微把我忘记一会儿。

　　那天晚上，我坐在爸爸腿上，刚刚喝完秘密奶瓶，
我睡觉前还可以喝一瓶，虽然妈妈总是说我这么大了，
还像婴儿一样吸奶瓶太不像话。爸爸揉着我的头发，气

喷在我的头顶，暖呼呼的，他还低声说，我爱你，宝贝女儿，我爱你，宝贝女儿，我爱你，宝贝女儿，他一直说个不停，直到我快睡着了，他带我下楼之前，把我抱去给妈妈亲亲，我看见她也亲了**爸爸**一下，我好高兴。可现在我睡不着了，因为我听见阿森塔·吉尔对妈妈说，你想想，他就在外面，有个怪物在外面抓小孩，你想想，噢，主保守我们，阿森塔·吉尔这么说，之前我听见她和妈妈这么说的时候，我不害怕儿童绑架魔，因为爸爸妈妈在我两旁，而且外面太阳很好，没有哪个怪物能在大太阳下从爸爸妈妈面前偷走他们的孩子，可是现在我一个人在床上，爸爸妈妈在走廊另一头，坐在厨房后面的客厅里，儿童绑架魔会轻易藏在外面的衣柜里，而且我的夜灯那么暗，根本没法照亮我房间的每个角落，我的衣柜周围，还有床底下都很黑。我不想叫爸爸妈妈，因为他们可能又要因为我害怕吵起来了，妈妈可能会怪爸爸的。

我就躲在毯子低下。如果儿童绑架魔进到我房间里，我就动也不动，他不会发现有人在床上的。我不叫爸爸妈妈。如果儿童绑架魔靠近我，我就对着他大吼大叫，就像爸爸对其他车子里的浑球和无赖吼叫一样，就像妈妈对着爸爸大吼大叫一样，因为爸爸做错事，让我们穷得叮当响，她只好去求那个肥婆给她在特易购排班表上多安排几个小时。那张排班表让妈妈很生气。我不知道那是什么。排班表和肮脏的荡妇一样坏吗？有一次妈妈就是这么说爸爸的妈妈的。爸爸的妈妈是我的奶奶。我从没见过她。要是那个儿童绑架魔靠近我，我会用爸爸用来说妈妈的那个脏字的，真的。我会一遍又一遍地祷告。祷告就像和上帝说话一样。噢，我的守护天使，天主派你照顾我，求你在今夜保护我，指引我，管理我。阿门。

丹尼斯

你常会看到电影里那些被扔进监狱的小伙子，因为害怕受到生命威胁，或者害怕囚禁，在被人揍到爆屎之后，就会蜷缩着躺在那里，膝盖缩到下巴附近。据说这叫**胎儿**式，因为胎儿在母体内就是这么躺着的。小孩子为了安慰自己，也经常在婴儿床里这么躺着。这让他们想起出生前的温暖与安适。那些被扔进监狱里的小伙子也想寻找这种安适。的确有点道理，这我知道。我已经这么躺了好几天了。凯特觉得我病了。第一天的时候，她还小心翼翼的，因为她从没见我生过病。我一天都没有病倒过。不过现在，她也就是耐着性子容忍我而已。

她可能快要叫我看在上帝的分儿上打起精神，在警长来扣押家里的东西之前，出去把该做的事情做完。因为有孩子失踪，所以托儿所也关门了。找到工作的希望渺茫。不过别人倒是欠了我一点钱。天要塌了。我在全国到处跑了几周，想找宝奇·伯克和康莱斯·巴里，还有其他四五个欠我钱的家伙。他们一共欠了我将近十万。税务局的人在我一只耳朵边嚷嚷，那些人在另一只耳朵边嚷嚷，而且我还有些设备四散在全国各地。我在那些地方做了四五个活，一分钱也没拿到。我之所以会这么做，也是因为之前都是边干边收钱，而且一天里也没有那么多时间干那么多活。大部分活都是那些转包小伙子干的。我已经走了数千英里。像个无头苍蝇一样乱转的时候，我甚至都不知道真要是找到他们，该对他们说点什么。我们给一个从利默里克来的伙计的旅馆做了二次装修——修了厨房、楼梯、卧室、宴会厅、会议室还有整个棚屋。接着一切都破灭了，那家伙也自杀了。我该对他的老婆说啥？去他的葬礼上转转，对她说，嘿，钱我还没收到呢？

其实我的情绪已经酝酿很久了。我差点开车碾死拉卡那个不让我进工地取回设备的家伙。那儿没有别人，碾死他不费吹灰之力。我是真的想过把他弄死的。他却永远不知道自己离死亡多近，他差点就要被装在扁平的盒子里，运回他的国家去了。还有一次，我差点就要撞破紧闭的玻璃门，就因为戈尔韦的一个肥猪不肯出来跟我说话。要是他能给我一个承诺，附加一句抱歉，告诉我下周二之前会还我钱，我就心满意足了。我知道他在里面，他就是不肯出来。我站在他门外，朝这里面咆哮，但是坐在桌子后面的那个小金发女郎就是不肯按一下桌子下面的开关放我进去。她只是坐在那儿，张大嘴巴看着我。我必须控制我自己，闭上眼睛，尽量放慢然后加深呼吸。我眼冒金星。我回到车里，坐了一会儿，抽了根烟，心跳声敲击着我的耳膜。这就是心悸，让你听见自己心跳的声音。接着我把他奔驰车上的雨刮器掰下来才走。试想，我掰断他车子的雨刮器，就像个大胆的小学生。

一路上，我的大脑都无法思考。我听不进广播。乔·达菲节目上那些人怨声载道，就在那儿呻吟抱怨着自己的小问题，还有些自以为看透一切的家伙，不断在那儿蹦跶着，数落这些都是谁谁谁的错。那些人连一天活都没干过，只会在那儿给自己以外的人扣屎盆子。真是令人作呕。为什么他们的声音都那么尖？全家人民都笼罩在他们的阴影之下。我杀了一个人。一个闻不到自己一身骚的流浪汉，操着一口做作的口音，在那儿评说到底是哪儿出了错。还有什么比这更讨厌的。**俞你妈，俞你妈，俞你妈**，我边开车边对着收音机怒吼。对着收音机怒吼。这不是浪费精力吗？我杀了一个老人。每天傍晚，凯特都要问我今天收了多少钱，有没有发挂号信寄账单，有没有打电话问银行能不能延期还款，有没有把设备拿回来？有几个傍晚，我坐在那里，想象自己一拳砸进她的嘴里。我坐在那里，想着揍自己的老婆，而这是唯一能**阻止**我不去揍她的办法。她不知道。她不了解我。接着，我杀了一个人。

我知道宝奇·伯克的工头还在工地上敲敲打打。我知道他从一些房子里拆了点东西出来，而且不仅是宝奇的房子——还有我的房子。转包商总是吃亏的那个。我听说他现在还在库尔卡帕，他和一个外国小伙，还有另外两个人，在阿诗荡路灾难般的小区里修补一些房子。一天早上，我开着凯特的车过去，看见他从靠近小区顶端的一幢房子里出来。那个房子的女主人也和他一起走出来。她怀里抱着一个孩子。我就又开走了，暗自觉得不该这么偷窥他，感觉他和我是同类人，我不该把别人的错怪到他的头上。接着，我越想越多，头脑越来越热，整个脑袋像烧起来似的。他一直以来都粘着宝奇，就像屎粘在毯子上那样。再小的计划，宝奇也要先征求他的意见——比如什么时候浇筑混凝土，什么时候筑基，什么时候吃他的三明治。宝奇是十指不沾阳春水的。

有一个小伙子告诉我，那个鲍比每天都去下面他爸的房子里，他爸还住在里面，在堰坝往后再过去点的地方。我想说在半路上截住他，问他知不知道宝奇在哪里，那些工地又是怎么回事，对财务状况他知道点什么。我想，我可以从他那里得到答案；毕竟他和我一样，之前宝奇很爱开会，在会上我们常常会心一笑。我认为我们是同类。安迪告诉我，那里有几英亩的野蔷薇和荆棘，还有一间屋顶破了个洞的板条屋，我一听就知道他爸住哪儿了。我开着货车，沿路向下开了半英里，又开上一条乡间小路，再穿过田野，最后停在小屋对面的石墙边。安迪告诉我鲍比常常走过来。我想说，我就在对面等着他。接着我想到他知道宝奇在哪里，还护着宝奇，就为了保护自己的利益，我就窝火起来，捺不住性子地走进了院子。我就想问问他父亲知不知道他在哪，那老头就会知道有人在找他儿子，就不会以为自己的儿子连屎都是香的。我想让这位父亲知道自己的儿子在助纣为虐。我想吓吓他。我就想吓吓别人，**任何人**都行，这样我就不是唯一一个害怕的人了。

低矮的院门中心，有一颗红色的金属心，在微风中旋转。铰链松了也锈了，吱吱嘎嘎的，到底还是让那颗小金属心转动着。这让我想起自己的心悸。我经过的时候，对着它踢了一脚。我想推开前门，可前门厚实而沉重。我又推了一下才开。他在等他的儿子。我发誓，直到那一刻我才发现自己手里捏着一块木板。他站在阴暗的厨房里，双腿弯曲，后背前倾，就和有些老人的站姿一样，就像他们不知道是要往前走一步还是一屁股坐下。他看了看木板，又抬起眼睛看了看我，然后他笑了。他的笑让我想起了我自己的父亲，那次我们在十六岁以下组的冠亚军赛中输给了罗斯科雷，我回到家时，眉毛破了，锁骨断了。那天，我父亲看着我，我的脸上满是鲜血、泥土和眼泪，他也是这么刺耳地笑着，说我只是个没用的龟孙子。你这是要抢劫吗？鲍比·马洪的父亲想知道答案。他的语气很实事求是。他问这个问题就像你问某个人要不要沏一壶茶一样。你是个好孩子，他说。然后他又笑了。他的笑震动着我的耳膜，就像小孩子的哭声一样。滚吧，傻瓜，这儿连个屁都抢不到的。除非你喜欢玉米片，我这儿还有好几耙子。你是来抢这个的吗？要和老头子抢玉米片吗？然后，他对我微笑，眼睛亮晶晶的，又接着柔声说，你只是个没用的龟孙子，我差点没往后跌，一直跌出厨房门。那真的是他说的吗？还是我自己的想象？你只是个没用的龟孙子，他说。是他说的吗？我永远不可能知道了。他又笑起来，我的耳膜又震动起来，我的眼睛逐渐模糊。我往前走了两三步，看见他撑着自己的身体，侧过头吐了一口唾沫，在我用尽全力给这秃老头子一板子之前，他直勾勾地看着我的眼睛。

上帝请帮助我，我以为自己杀了自己的亲生父亲，就在那两三秒之内，而那两三秒就是我剩下的一生，我向全能的主发誓。我杀了鲍比·马洪的父亲，一个我以前连见都没见过的人，之后我就一直躺在这里，像胎儿一样蜷缩着，我沾满鲜血的双手插在双膝之间，我愧疚的心在耳边敲打，扑通，扑通，扑通。

　　　　　　　　　　　　　　　旋转的心

麦格

　　我常常观察我爸喂鸡。他把它们都养成了白痴。它们每次看见他就会发疯，知道他肯定有一手的毛毛虫给它们吃。它们扑打着翅膀，上蹿下跳，差点就要飞出铁丝外了。爸爸背对着房子，面对着跑跳着的鸡，站着对它们说话。我很想知道他在说什么。我常想悄悄跟在他身后，偷听他在说什么，但我知道这只会让他更尴尬。他会转身，把蹑手蹑脚踩着他草坪的我逮个正着，然后他会跳起来，一脸窘样，我则会像个白痴一样笑起来，而他则无言以对，我就会问他和鸡聊得开心吗，他只会向我喃喃几声作为回应，之后我们必须一起走回屋里，而每一步对他来说都是折磨。如果我只是站在厨房的窗前看着他，我可以想象如果出去找他，他会很高兴，用手臂环绕着我，和我一起看那些鸡，他会告诉我姆吉塔特别嚣张跋扈，老是欺负其他的肥仔们，他还会告诉我前一天傍晚，他发现了一只贼头贼脑的老狐狸，偷偷从工作间后面瞄着阶梯这一边。他会用和伊蒙还有我侄子侄女说话时的语气和我说话。

几天前，镇上的一家托儿所里有个孩子失踪了。那个小男孩的妈妈就住在这附近，就在宝奇著名的空城里的一幢房子中。妈妈说，爸爸太为难自己了，就好像是因为他，那姑娘才会住在那里，必须拼命工作才能还房贷，最后孩子还在镇上的托儿所里丢了。鲍比·马洪呢，他还杀了他父亲呢！好吧，他是该杀。妈妈说，那对母子是半路插进来的。**半路插进来的**。这个说法挺嘲讽的。就好像是在说没有在这里出生，成长，在出生地之外安顿下来是一种错误似的。不过妈妈是没有恶意的。我知道，要除掉她的偏见很难。这儿到处都是警卫，每个人都十分警惕。有个人直接把车停在托儿所外面，然后带着那个小男孩开走了。当时，有个蒙台梭利老师陪着孩子们，在隔壁房间里还有四五个有执照的保姆。那个蒙台梭利老师被带进去接受盘问。他至少算过失犯罪。年轻**男人**做蒙台梭利老师总有点不自然。耶稣呐，要是杰听见我说这话会怎么样！偏见，你好。

我深陷在那一刻不能自拔，在我知道父亲离我远去的那一刻，在爱与羞耻的天平向羞耻倾斜的那一刻。我之前在一个慈善组织工作，致力于帮遭受干旱的发展中国家打自流井。我们不仅造那些井，还在建筑过程中教那里的人民。我之前爱这份工作。现在也爱它。有一个周末，我回到家，妈妈请了她最好的朋友们过来吃晚饭。我知道她想让他们听听我的工作，她以我为傲。我以第一的成绩毕业，而且作为一名工程师帮助有需要的人。而且因为我在非洲工作，在她看来几乎就像**例行公事**。妈妈从来不会提及，也不会表现自己注意到我的女性魅力在不断消失。她看上去总是对我说的话很感兴趣。每当我在厨房乱窜，讲我的那些兴趣时，她总会对我微笑，还会赞同地点头。我会谈及巴勒斯坦、全球变暖、石油战争、儿童兵等等。她看上去也很喜欢杰；我就当她是知情的；我很佩服她的忍耐力和接受力。我甚至有点觉得爸爸也是一样的，只是不那么明显。

然而，在将近三年前的那个臭名昭著的晚宴上，我谈论着通过调整病毒，让它们寻找并消灭癌细胞来彻底消灭癌症的可能性时，爸爸发出啧啧的声音，眼睛都快翻到天上去了。我以为他是在抨击那些制药巨头，因为我认为是他们削减了对病毒治疗的研究。我说的大部分是引用杰的原话。感谢上帝她当时不在场。人的潜力是如此巨大，我说。人拥有消灭疾病的钥匙，通过好奇心和对知识的无限渴求，**人可以**……

突然之间，在罗医生和他的肥胖妻子凯瑟琳、帕特·胡里根和爱尖声大笑的多萝西、爸爸的长期生意伙伴克劳福德一家、蒂奇叔叔和帕姆阿姨还有我的笨蛋表弟理查德、妈妈、伊蒙和他可爱的妻子，还有宝奇带着狡黠的微笑和不受偏爱的光环，在他们所有人的面前，爸爸直视我，放下红酒杯，用一种我几乎认不出的声音，以他在餐桌上从未用过的音量说：**男人**[1]？**男人**很伟大，是吗？你突然又这么崇尚**男人**了，是吗？我还以为你们那群人总是**鄙视男人**呢。

---

1 前文麦格说的"人"和此处的"男人"在原文中都用了同一个词 man。

你们那群人？我知道，他是指女同。我胃里有种奇怪的起毛的感觉，喉咙也收紧了，突然口干舌燥。我说，我是说**人类**，不是男人。我的声音在自己的耳朵里变得那么微不可闻，就像柔弱的小拳头打在一扇坚固的螺栓门上一样。我感到头晕目眩，就是那种突如其来的震惊带给人的恶心晕眩感。我很想跑出去呕吐，再蜷缩成尽可能小的一团，哭上个几天几夜。我突然很想念我儿时的床，还有那只饱受摧残的独眼泰迪熊，等待着爸爸无声地走进来，在我的前额上印上一个吻，用他粗糙而慈爱的手往后轻捋我的头发。当时，我明白了他并不能接受我，他不是我想象中的那种人，他无法像我想象的那样摆脱偏见，就像他菜园里挠人的棘刺。坐在餐桌旁的其他人都只是盯着自己的盘子。多萝西尖叫了一下，抽泣了两声，又傻傻地假装从她的空酒杯里咂着嘴喝酒。我帮你满上，爸爸用平常的声音说。痛苦的咒语被瞬间打破。我跑出房间，没有人跟着我，我带上大衣就开车走了，之后将近一年都没有回家。

我有很长一段时间都没能明白那个可怕的周日到底是怎么回事。杰帮我客观地梳理。她说父母总是对子女有一定的期望，要是那种期望没有实现，他们的失望有时就会以愤怒的形态来呈现。要是那个孩子一直以来**看似**在满足他们的期许，却在他们看来突然间偏离了航道，那么他们就更加愤怒了。发现自己的性取向是**偏离航道**吗？那就要看父母的期许是否是以结婚、生子及合群为中心了，杰说。还有**安全**。离群是不安全的。你就是那头跑散的瞪羚，会被狮子猎杀。当孩子让自己陷入危机，无论是生理还是心理上的危机，父母都会有所反应，向孩子发火，实则是他们的痛苦和担心以一种不恰当或别扭的方式呈现。但是爸爸说的那些话，还有他说话的方式，一点都不像他，可怕，伤人，残酷。杰认为，这是因为他的父母之前就是这么教育他的。她说，如果人们是在教条的泥潭中成长的，那么他们的思想其实并非源自他们本身。他们的观点是扭曲的，不能反映他们内心的想法，他们的言辞拐弯抹角，就像水面折射的光线——你看不见他们真实的感受，就像你分不清物体在水面下真正的位置。

因此，爸爸就是沉浸在偏见的水面之下。杰笑我这么说。我总是在寻求底线，想要一针见血地描述某种情况，她觉得这很好笑。你真该从政去，她说，你喜欢听

只字片语。这肯定是我爸传给我的，对抽象事物缺乏耐心，无法专注于自己提不起兴致的事物，总是想清晰、简洁、**安全**地定义及划分一切。一位老讲师曾告诉我，我容易把事情过度简化，这是很危险的。危险！哈。那些我认为不对的事都让我生气。许多人对我持反对意见。爸爸不能接受同性关系真的很糟糕吗？法律改变之后，我和杰如果愿意，也可以和异性夫妻一样得到法律承认。不知道他现在是更能够接受，还是更不能接受。我怀疑我们新得的合法性会让他更顽固地反对。不过，我不在乎，就算他不能像从前那样以我为荣。我只想让他记住他曾多么爱我。我想让他明白，我还是他的小女孩。

吉姆

刚才有个老太婆闯了进来。你们咋就不能把那个肮脏的畜生关起来，任他去外面恐吓爱尔兰的妇女呢？你们咋就找不到那个被带走的小男孩呢？就是在**这**附近的小男孩，你知道吗！他现在可能就在外面某个地方；可能正遭变态玩弄拍照呢，**如果**他还活着的话！现在还有另一个恶心的王八蛋在外面，谁说他不是和那个鞭打着小男孩，还从镇上人们鼻子底下溜走的浑蛋是一**伙**的呢？看看这时间有多巧啊！啊，主啊。啊，主饶恕我们。

接着她哭了两分钟，干呕了几下，调整了呼吸。一开始，我还以为她是在说鲍比·马洪呢，但我马上想起，新闻里铺天盖地地宣传墨菲家那个已经刑满释放了。没人想放走他，我对她说，但法律就是法律。他服刑的时间满了。**时间**，她咆哮。时间？那些失踪的女孩呢？谁能把**她们**的时间还给她们？拉倒吧，没有证据证明他和这一切相关，反正他也是会回巴尔廷格拉斯的，反正他从哪儿来就会回哪儿去，我告诉她，那儿离这儿有一百英里或更远呢。

不过她油盐不进，也不肯从警察局门口挪开。她站在那里对我咆哮了整整半个小时。她看见一个和他长得一模一样的人在蛇丘线上竖着大拇指打车呢。他还戴着那个王八蛋出狱时戴着的帽子。她向他发誓。啊，主拯救我们，保守我们。偏偏就在强奸犯出来的这几天，小孩子被偷走，好人在自家厨房里被活活打死，就连上帝恐怕也不敢说这是巧合吧？而且现在还有传闻要削减退休金！这难道不是在冒犯上帝吗，让他看着人们暴露在贫穷和疯狂的危险中？这个国家到底怎么回事？接着她又开始说要怎么吞下那些药片，躺到床上去，再也不要醒过来，我差点就对她说，您请便，最好快点去，你这条老疯狗。感谢上帝，我及时制止了自己。我认为这一切笼罩人心的歇斯底里，大部分都要怪广播里电视上的那些大嘴巴。他们以他人的恐惧作为获利工具，这群狗娘养的。

我已经四天没睡觉了。微风拂过老树的枝条，我看着外面路灯投射在窗帘上的阴影。有时候，那些树枝就像一只逼近的大爪。我满脑子都是那个小男孩，奉上帝的名，他能在哪儿呢。我躺在那里，身上覆着一层汗珠，想着这个宇宙中是否必须达成一种平衡，一种对称，就像水面必须达到某种平整才会停止流动。几年前，我让我姐姐布丽迪的小儿子陷入致命的危机，我让他被水从岩石上卷走了。我只是走神了一秒钟，他就不见了。我真该把自己一起扔进去，而不是站在岩石上，对着狂野的大海咆哮。我应该带他去天堂的。只有上帝知道那小男孩的周围有多么黑暗冰冷。

也只有上帝知道这孩子在哪里，我希望上帝可以告诉我。我希望我可以梦见他在哪里，然后醒来找到他，牵着他的手，把他带回妈妈身边。

我每天都在搜索队里。鉴证科的叫我们排成一排，手挽着手，慢慢走，向下看，向左看，向右看。每个人都有自己的搜索半径，但必须要重叠。我们已经探查了整整二十平方英里的土地。但他是被车载走的。他可能在任何地方。现在我必须留守在村子里，因为村子里需要有行动中心。其实这不过是用来维持公共关系的噱头。肖恩·沙纳汉二代是小迪伦的父亲。他被带走的第一天晚上，大家才知道他失踪了。大家都认为那个姑娘是半路插进来的，没有人知道她竟然和这个地方有那么深的联系。不是说知道了就能改变些什么。沙纳汉二代像个疯子一样撕扯着周围的一切。他透过队车的窗玻璃对着菲利咆哮，说我们是一帮废物。菲利说他脸上的泪痕和刀疤一样深。那孩子的母亲也和他在一起，拉着他的手臂，不让他上前，叫他镇定。她是个狠人，那位女士。她叫蕾奥婷。是个好听的名字。如果我们有女儿，也会给她取这样一个名字，但是宇宙必须守恒。她父亲也是个厉害角色，他像鬼一样苍白，四处飘荡，但是自从头一个小时开始，他就没有停下来过。他既务实，现实，又充满希望，正是你希望处于这种情况下的人们该有的状态。反正那些民防兵是这么说的。我想他应该是一名会计。他没有像沙纳汉二代那样失去理智。沙纳汉二代现在就该好好控制自己。

这些天就连躺在床上似乎也是一种玩忽职守，更别说睡觉了。仲夏之后，一切都开始天马行空起来。我并不认为是鲍比·马洪杀了他老爸，如果说凶手是月球来的人还更有可能。但那天，他打电话给我，用一种柔和而毫无起伏的声音叫我去下面的房子看看，等我到了，他就站在厨房里面，俯视着躺在血泊中的父亲，手里还拿着一块潮湿的、染红的木板。我问他是不是他干的，他说他不知道。他不**知道**，你明白吧。他没有再说一句话，只是坐在亨利街上的审讯室里，和鬼一样苍白，和坟地一样安静。到处都在疯传，说他背着自己的老婆，和那个失踪孩子的母亲搞外遇。我和玛丽说，这就和电视上的桥段一模一样。我老说马洪家儿子没杀了老子，玛丽认为我这是忙糊涂了。我能理解她的看法。但是我深深地知道，这不是他干的。我希望自己知道自己是怎么知道的，这样我就能弄清楚真相了。我希望鲍比能从昏沉中清醒过来，正常地开口说话。乔西·伯克给他做了保释。乔西可能会让他清醒过来吧。

在那个咆哮的老太婆走了之后没多久，蒂米·汉拉汉那小子就进来了。他张大了嘴，看了我足足半分钟，脸上涌上了红晕。他挠了自己两把，才开口说话。终于，他说自己听见一个伙计在前一天打电话，说了些很可怕的事情，他就躲在搜索队伍最后，以为没有人能听见，他说什么要坐二十年牢，问对方有没有看该死的电视，知不知道有多少人在找那个孩子，你说怎么办。蒂米想知道，这段对话是不是很刺激有趣。

蒂米描述了那个讲电话男孩的特征，我感觉胃里有什么东西在燃烧。每天，的确有一个看起来神经兮兮的小浑蛋混在搜索队里，围着胶带边缘转悠，还想和鉴证科的那些人攀谈。他参加过几次去帕拉斯周围林子里的搜查，有人在那里目击那天的那辆车，那车还是那天往窗外张望的孩子们给警方描述出来的。我现在可能只是抓着几根稻草，但是我有种很强烈的直觉，就像我感觉鲍比·马洪没有杀害他的父亲那样。我感觉那个神经兮兮的浑蛋和那个蒙台梭利老师有**种**难以名状的**相似性**——就是那种挺机灵里透着古怪，即使身处某些事件的中心，他们却有种怪异的**抽离感**。再说了，哪个年轻小伙会去干那种工作呢？托儿所的女老板说，她让他开始上班前，已经核实了他的身份，而且她也核实他没有**犯**罪记录了。那真是个怪异又强硬的女人，你不知道该拿他怎么办。反正以后她都别想干育儿这一行了。

要我说的话，那个蒙台梭利老师的嫌疑实在太大了。我不知道为什么亨利街的人什么都问不出来。他说他让那个小家伙先出去，他自己就落后了两步，而那辆车停在门口，那个小家伙爬上了车后座，等车开走之后，他也只是在想迪伦的爸爸真没礼貌，不打声招呼就把孩子借走了，下一秒他又想到可能是母亲不让父亲看孩子，所以他才来把孩子顺走的，第三秒的时候，他才意识到坏了，他这下完蛋了。然而，他无法解释，在那一秒——为什么他只让小迪伦一个人出门走到外面的游乐区去，为什么不像往常的游戏时间，是一群孩子一起冲出去呢？为什么迪伦一个人离大家那么远？我不**知道**，我不**知道**，一切都发生得太**快**了，菲利说他就颠来倒去说这两句，胖胖的手指头覆在脸上，像个孩子一样涕泪纵横。

汉拉汉家的那个男孩比人们想的要聪明多了。更有利的是，大家在他面前都不隐藏不做作，认为他反正也永远都在状况外。正因如此，他才听见那个人的话。像蒂米这样的有时的确像个隐形人。我很快就要把这些想法说出来了。菲利肯定会好好笑话我一番。我的好吉姆，他会说，拜托你了，我们一定会根据那个呆瓜的证词和你的直觉行动的。他会叫我回去好好待着，就像几年前那样。当时，紧急行动小队的那伙人被叫去处理坎利夫家的那位，因为那小子在上面的农场里对着邻居挥舞猎枪。我本是处理这件事的最佳人选。如果是我的话，他只需裹着温暖的毛毯，去邓德拉姆待几个月就行。

　　紧急行动队那群人全副武装，那可怜的孩子刚踏出自己的房门，他们就把他一枪轰上天国了。我本可不费吹灰之力地从他手上拿走猎枪。那已经是快十年前的事了，之后那附近连一个人影都没有。这儿的人真是十年疯一回。当时，两个月里发生了两起枪击事件，还有一起致命车祸。现在，我们又多了一个杀人犯和一个被绑走的孩子；一个孩子被绑走，之后很可能会有更多。这种气氛渗透在空气里，渗透在人们擦肩而过时，蒙着寒霜的面容和散着金光的眼睛里，要么一起疯狂行动，要么紧紧围成一圈，看着脚底，低声谈论。这一定和与英国开战时的气氛一样。当弥撒外的人群会突然被炸成血柱，当大衣下露出了枪口，当普通人露出了杀人犯的真面目。不过那些杀戮是正义的——那些警吏团的人烧毁教会和奶油厂，还强暴妇女，射杀儿童。当时，杀戮是伟大的，为了上帝，也为了国家。虽然那段历史早就过去，但我们不还是一样的凡人吗？

弗兰克

未来是个冷酷的女子。你可以用一生望着她，想要抓住她，但是她总是跳着舞从你指尖溜走，立在远处嘲笑你。那些说自己了解她的不过是骗子和小偷。白纸黑字写下来的那些东西里，有哪些又准确无误地成真了？《圣经》之后便再没有过。我坐在炉子旁的绿色椅子上思考这些的时候，听见门的声音，之后那个该死的长毛猩猩突然冲进来，抡起木板就砸我，而这恰恰印证了我的想法。在我死之前，我甚至都没回过神来，明白自己要死了。我走得也挺干脆利落。我以为自己的死是混乱而漫长的。我预见自己在乡下的房子里，在地方医院里，罩着氧气罩，身上插满管子，巴基斯坦医生用棕色的、瘦骨嶙峋的手指戳我。鲍比则坐在旁边看着我，不知该给我读份报纸，还是用枕头把我闷死。我想，我应该感谢那个大个子把我砸死。那天，我的确点燃了他的灵魂。我就像一只垂死的黄蜂一样狠狠扎了他。有时候，我甚至感觉是魔鬼亲自把那些话吹进我耳朵里的。

这儿有很多自认为了解未来的人，他们自以为有她的电话号码，将她视作理所当然。我甚至知道，在那个大猩猩跑进来弄死我的很久之前，没有人能保证第二天会发生什么。这个世界上，甚至没有人能保证自己**能活到**第二天。我一直想告诉鲍比这一点，特别是几年前，作为宝奇·伯克的头号忠犬，他像只骄傲的公鸡一样四处晃悠，好像他是上帝赐给这个世界的礼物一样。做狗有什么好骄傲的。那天，我看着他进来，发现我死了，躺在肮脏的血泊和屎尿中。死亡那一刻你会失去对自己的控制，这我之前倒是不知道。他站在那里俯视着我，我站在他旁边俯视着自己，说：好鲍比。你是个好人，鲍比。透过死人的眼睛，你可以看得更清楚了。他瑟缩了一下。我几乎可以发誓，他的脸感受到了死人的呼吸；他甚至听见了我无声的话语。他拾起那个大个子甩脱的木板。它就躺在我头部附近。接着，他打电话叫那个白痴吉姆·吉尔德过来，把自己彻底废了。这男孩遗传了他母亲的脑子。他没有一星半点常识。

我基本上可以确定，我死了有一个月左右。然而，我连大门都还没能迈出去呢。我可能还要在这种幽冥中多逗留一会儿吧。他们可能不知该拿我怎么办。他们考虑的时候，我就只能待在这儿了。他们就是那些决定亡魂归属的。说句公道话，他们现在可能得掰手指了。我应该好好反思自己这一生，为自己所犯的错误忏悔。梵蒂冈废除了炼狱，因此我这个鬼也只能在自己家里闹了。哈！不过，这里事儿也太多了，连让我反思的空闲都没有。卡西迪家的那个大胸金发女到我家来朝我直戳。我经常在电视上看到她，涂着粉色唇膏跑去各种粪坑里去看那些死去的废物。作为女人，她还是很漂亮的。要是他们在让她进来之前，能先把我收拾得干净点儿就好了。之后，他们就把我装在松木棺材里抬出去了，留下我一个寂寞的孤魂。鲍比前几天看上去就像一只被踢了一脚的狗崽子，这两天倒是好些了。他们批准了他的保释。很明显，那蠢货根本没告诉他们我不是他杀的。上帝啊，如果你看见他，看见他当时那副样子。吉姆·吉尔德的大肚子先进了门，张大嘴看着我，还有他手里的木块，我的血就从那木块上滴到地板上。吉姆·吉尔德问他是不是他把我杀了，他说，他不知道。我不**知道**，他说。想不到吧！这个蠢货。

我想知道自己是不是应该能获得些启示。或者顿悟。或者两者皆有。我想知道被困在这个我和父亲活了一辈子的小屋里算不算一种惩罚。我很确定他还在附近转悠，你知道，他得看着我，确保我不会自作主张。他也可能已经被送到下面去了。哈！真是这样的话，我一点儿不会惊讶，他最巅峰的时候，可是用钱砸了魔鬼的脑袋。大部分人都会造一栋两层小楼，或者漂亮的平房，把老房子改装成板条屋。废物。为什么要把墙壁厚如堡垒的房子给牛当厕所，自己去住在一个纸板箱里？为了打动女人。男人这么做只可能是为了打动女人。你想想吧，给那些牛仔建筑商成千上万镑，让他们在六个月内搔着自己的屁眼，最后给你用木板和外国石头做的砖块垒一栋破房子！鲍比有次壮着胆子说要加长后院。我告诉他，这里唯一需要加长的就是他的鸡巴。当时他和那个嫁给他的女孩想生个孩子，可他的精子没能着床。这又是魔鬼的低语。

每次和他说话，我都没法不让他懊丧。他妈把他教成了一个傻子，每两分钟就要亲他，说他有多漂亮。我被逼无奈，只能保持平衡。我必须让他适应这残酷的世界。有光的地方就有影子，这是每个男孩必须明白的基本道理，特别是那些妈宝。如果我让他觉得自己正如他母亲所说，他肯定会兴奋地飘飘然。从他来到这个世界的第一天起，她的眼睛就只看得见他了。她把他从肚子里挤出来的一瞬间，就把我彻底忘了。不过，最后他们还是疏远了。这是对她的重击！她自己也是有点毛病的。总觉得自己**高高在上**。她很确定自己比我好得多，那女人。我们婚后的每一天，她都用鼻孔看着我，直到她死去的那一天。我常常问她，既然如此，又为何要嫁给我。她从不回答，只会躲去后面的某个房间里独自哭泣，或者站在我面前，眼睛里是一汪深蓝色的忧伤。我总是停不下来。她看上去越伤心，那些粗暴尖锐的话语就越流畅，有些会给她留下细小的刻痕，更深地撕裂她。她的灵魂遭到凌迟而死。我知道我就是刽子手，却停不下来。上帝帮帮我们，在那两个人面前，我停不下来。

话虽如此，当我的小孙子第一次和我对上视线，有种强烈的无力感占领了我。我发现自己把视线移入那细小脆弱的篮子，他们让他躺在里面，而我的脑海里充满了感恩的词句。我害怕张嘴，害怕我的声音会背叛我的心。我知道我只说得出坏话、蠢话和空话。我别过脸，走了。我之后几乎再也没见过那个孩子。鲍比用自己的名字给他命名。这种虚荣心肯定不是我传给他的。

我比鲍比要学得快。我的父亲是个比我更好的老师。我还很小的时候，有一次，我从学校一路冲到挤奶厅。我按捺不住要把好消息告诉他，等着他表扬我。爸爸，今天我们学校做了个测验，我告诉他。是吗？他根本没转身，只是在那抽着那台他被普罗迪那个恶棍骗去买的牛奶大师[1]。对，老师今天给我们做了四十道题，有历史地理还有数学什么的。是吗？对，我是唯一一个全对的。对，今天**巡视员**来了，老师事先不知道，巡视员临时叫他给我们测验，他特别高兴，因为我当着**巡视员**

---

1 爱尔兰最大的挤奶机生产商。

的面在突击检查中全做对了。我父亲还是没转过来，但是他的动作停顿了一下，背也挺直了，接着他稍稍侧过头，于是我就看见了他红色的脸颊和一只亮晶晶的眼睛。所以你什么都知道，是吗？一个铅球掉进了我的胃里。我不知道该如何回答**那个**问题。在我再次张开那张小笨嘴之前，我父亲的手里已经拿着那根他用来赶牛的塑料管，下一刻，它就发出嗖、**啪**、嗖、**啪**、嗖、**啪**的声音，抽在我干瘦的小身板上，那震惊和突如其来的疼痛让我瞬间什么都看不见了，我往后摔出门，重重地跌在硬邦邦的土地上，父亲在那里咆哮：你。什么。*都不知道。你。什么。都不知道。你。什么。都不知道。*等我母亲爬到院子里，用老鼠一样的声音叫道，弗兰西，住手，我全身上下都已经镶满了粉白色的鞭痕。父亲往后退了一步，往地上吐了一口唾沫，欣赏着自己的杰作。感谢上帝，你现在倒是明白些什么了吧。你现在明白了吧，孩子。骄傲是致命的罪过。说完，他把塑料管往地上一扔，跨过我进门去了，他的动作和那个抽死我之后扔掉木板走出门的男人一模一样。

他们说暴力会生出暴力，但这不一定是真的。我这辈子坚决抵制暴力。有那么几次，我只好虚张声势先遏制住自己。每当鲍比无法无天的时候，我总是想找根棍子抽他，但我根本没法握紧任何用来打他的武器。这对于一个男人来说真是太痛苦了。就连喝酒都没法让我摆脱这种无力。我只能对**东西**施暴。我只能把语言当作武器。我练习了好几年，直到说那些话像呼吸一样自然。我之前喝酒的时候，常常幻想自己亲手把人给杀了，幻想自己拥有那些不属于我的力量。喝威士忌的时候，我就像一个口干舌燥之人在夏天的干草堆里喝柠檬汽水那样，幻想自己用双手掐住父亲的脖子，看着他的脸变紫，他的灵魂慢慢从耳洞里挤出来。接着我就会彻底发疯，毁掉我眼前的一切：椅子、桌子、门、窗户。我会用自己鲜血淋漓的手打穿石膏板。多么愚蠢，总想着杀掉一个死人。我想知道自己会不会再见到他。我想知道他是否知道他所珍视的臭气熏天的土地只剩下两英亩了，遍布着野蔷薇和荆棘。要是他不知道，我会很乐意告诉他，他忙碌一生的积蓄，很大一部分已经在吧台上被五个堂区的每一个胖老板瓜分了。我想知道，被懦弱捆住双手的我，怎么会对鲍比做同样的事。我想知道我该如何与自己和解。我想知道自己该怎么面对上帝。

池奥娜

　　我的阿姨贝纳黛特喜欢朴实无华却又恪守传统的东西，比如她让我的表弟科里用石灰石刻的那个粗糙十字架。他想把它磨得光滑一些，上面加个凯尔特圆环，再在表面刻一些弧线装饰。于是，整整一天，他又是削又是敲又是磨的，撅着自己瘦骨嶙峋的屁股，撅成附有青春期异常强烈的集中力的角度。然而，贝纳黛特用极其野蛮的方式勒紧了他匠心的缰绳：她一巴掌拍在他的侧脑。他手里的凿子飞脱，他那罪恶的骄傲也从心中飞走。这样就行了，她说，把它悬在前门旁边的小径上，这样你，还有所有进来的人都知道我们是基督的追随者。该死的臭老婆子，科里趁她回去继续烤她的无酵饼时吐了口唾沫。愤怒与挫败的阴影把他尖尖的下巴和明亮的眼睛衬托得更加生动，在那一瞬间，我才发现了他的内在美。我总是需要一些刺激才能明白一些道理。

鲍比是第一个让我想起科里的人。就像科里那样，他从来不和这里那帮大老爷们同流合污。他和他们站在一起，却从来不是那群蠢驴的一分子。噫昂，噫昂，看那些人在搭讪你的马子！噫昂，噫昂，老天啊，我骑得浑身**发红**！噫昂，噫昂，妈的，我肯定要**干翻**她！鲍比很安静，长得很高大，夏天时，他的脸是红的，冬天时，又像鬼一样白。早在他第一次来和我搭讪的很久以前，我就已经知道他了。当时，他站在镇上洞穴酒吧吧台前的油腻地板上。我讶于他的紧张，我一直以为是他太高冷了，所以才不来和我们说话。在那一瞬间，我才看清他的眼眸深处，那里埋着恐惧、怀疑、害羞与伤心。那一分钟之后，我就彻底沦陷了。从此以后，我再没看过别的男人一眼。那个时候，手机还算是比较新鲜的东西。宝奇·伯克肯定是第一批被短信告知分手的人之一。

贝纳黛特煎鸡肉的时候只用鸡肉本身的汁水，配上水煮青豆和无酵饼就是一餐。父母把我送去托贝纳黛特照看的时候，每一顿饭前我都要先吃圣餐。贝纳黛特从不去望弥撒，她是一个**基要主义**基督徒。妈妈总说，她是用宗教作为自己疯狂的理论框架。她也完全可以做穆斯林、佛教徒或白女巫。她和镇上的某群《圣经》狂热者为伍。他们在一个漏水的、吱嘎呻吟的公寓里见面，阅读从《创世记》到《启示录》中所有的经典片段，在《利未记》时则慢得要停下来。贝纳黛特用上帝的话语折磨着科里，就像弗兰克用他恶毒的话语折磨鲍比一样。科里在童年时期没能顶住贝纳黛特的可怕统治。在娇弱而又蓬勃的十四岁，他把自己吊在后院那棵榆树上，树枝看上去极为脆弱，好像快要承受不了他的重量。鲍比也差点就命丧弗兰克之手。每次碰到弗兰克，我都能闻到那散发着幽灵气息的无酵饼，嘴里几乎都能尝到它干瘪的质地。他们家前院的铁门上有一颗旋转的心，这是个讽刺的标志，是鲍比粗糙的十字架。

　　就算从此以后，鲍比一分钱也不赚回来我也不在乎。今年初夏，整个村子都在传他和那个住在宝奇鬼镇里的女孩搞外遇，我懒得理他们，我知道再过一百万年他也不会背叛我。可在他获得保释之后，因为不肯和我说话，我差点杀了他。我对着他尖叫，对着他的脸，一遍又一遍地叫他**说句话**吧，求你了，求你和我**说句话**吧。我不在乎是不**是**他杀了弗兰克。我不会因此少爱他一分一毫。我可以给他作伪证，眼睛都不会眨一下。我会拿着《圣经》发誓，然后脸不红心不跳地说谎。为什么不？我就要用那本好书，那本贝纳黛特用来鞭挞科里可怜灵魂的好书。

鲍比恨他的父亲，也未曾释怀母亲的离世。他一直觉得自己是个失败者，是自己没有保护好母亲，没能让她幸免父亲的毒舌。他的无视让她入了土。我花了三年才从他那儿挖出这点儿东西。我之前问鲍比为什么会和母亲疏远。他说，他们不说话，是免得吸引父亲的火力，结果只能一直留在火坑里。**留在火坑里？**我说，这没道理啊。他只是说，我知道没道理，我知道没道理。鲍比对自己说的话生气的时候，就会这么轻轻低语。接着就是沉默。我学得很快。在弗兰克出事前，我从不逼他说什么。在一起这么多年，我从没逼过他，只是让他明白我知道他很痛苦，我会帮他，不用急，等他想说了再说也没关系。我知道他能说明白。鲍比读了很多书。

时不时的，鲍比会开始向我倾诉，没有一点点征兆。有几次他开口的时候，我都快睡着了，就是那种半梦半醒之间的状态，可能手里还握着书。在安静的房间里，不管鲍比的声音有多么柔和，它的突然出现还是会惊醒我，可我总是尽量不动声色，就怕惊扰到他之后他就不说了。无论是表现出我的警觉，还是太快坐起来，还是伸出手去触碰他，还是出言鼓励他，都会让他突然从这种梦呓般的状态中惊醒，而那些话都是我平时极想听他说的。现在想起来，在他说话时，我就像死人般僵硬，大气都不敢喘一口，好像怕吓跑闯入花园里的野生动物一样。想不到这是我唯一能帮他缓解痛苦的方式：安静地躺着，一动不动。

这不是说他说的话在外人看来是可怕的。的确，弗兰克从未动过这对母子的一根手指头。他们的生活只是充满那种可怕、可怖的冷酷，不断消磨他们的精气神，让他们郁郁寡欢，步步惊心。他暴怒的日日夜夜刺破了他们的人生，他又拆又砸的时候，鲍比的母亲只能拉起儿子就跑，就怕他彻底迷失自我，把**他们**当作那些家具和餐具来虐待。这一切都深埋在鲍比心中，每次说出来都不可避免地再次割伤他的心。我有时候觉得，在那些夜晚，他是为了我才无奈地把那些回忆逼出来，因为他觉得我想让他说出来，他觉得我认为说出来才能得到治愈和救赎，他才会通过诉说再次承受那些尖利的悲伤和悔恨。可实际上，我也只能躺在那里倾听，心里想着：这就是鲍比，这就是我的丈夫。

然而，在我心中，有一段关于弗兰克的记忆会永远鲜明，即使所有其他的记忆都逐渐褪色，变成模糊的印象，就像一本曾经扣紧你心弦、让你彻夜通读的书，最终总是会褪色一样。那件事发生在那些小伙子夺冠失败那天的俱乐部颁奖典礼上。西斯·布里恩的一个酒保写了一首永远唱不完的歌，叫《鲍比·马洪之歌》。这不过是首口水歌，真的，不过是用来提升士气用的，在此之前，可能已经有一千个村庄英雄被人这么传唱了一千次。他用的是《绿色穿着》的调子。在鲍比被授予代表年度球员的盾牌，并在明斯特酒吧后墙的小舞台上透过麦克风喃喃诉说了自己的骄傲和抱歉之后，**抱歉**，想象一下，那个酒保和几个球员一起唱起了这首歌。我看得出鲍比很是尴尬，眼睛都不知该看哪儿，但通过他的微笑和他的眼睛，我看得出他也很高兴，就好像只有在那一刻，他才意识到大家是怎么看他的，而且没有人责怪

　　　　　　　　　　　旋转的心

他输了比赛，在这里喧闹着，拍着手，大笑着的人们都知道他已经比任何人都尽力，甚至为他们流血。然而，当他的视线沿着那长长的拥挤的房间，越过半醉的、吵闹的人群，他的脸变了。只有我能看得出来。等我转过头，追随着他的目光，我看见了弗兰克，他就靠着门站在房间里，一脸鄙夷，那张扭曲的脸似笑非笑，简直在说：你这个白痴。这一房间都是白痴，你就是白痴的头头儿。在哪几秒钟，我比任何其他时候都恨他。甚至比他看进宝贝罗伯特的摇篮，却一言不发的时候还要恨他。我简直想从椅子上跳起来，撞到他身上去，一把扭断他那笨拙的老脖子，把他眼珠子里的黑暗给抓出来。可在此之后，在一遍又一遍地回想之后，我不禁想问：他为什么会去那里呢？他为什么要站在明斯特酒馆的门边，看着他的儿子？即使我为他给鲍比的光荣时刻蒙上阴影实在恼怒，我第一次开始觉得，或许弗兰克的心中除了恶意还有些别的什么。

　　我尽量阻止自己去这么做，但我还是不断比较弗兰克和我自己的父亲，并为弗兰克的存在而感到一阵可怕空洞的怨毒，任由他在那小屋的黑暗中溃烂。在那么多年之后，在那些他不该说却说了与该说却没有说的话之后，他仍天天折磨着鲍比。有些人就和鲍比一样，总是扛起别人的问题，而另一些人除了自己的问题之外，什么都看不见。然而，真的是人不为己，天诛地灭吗？我父亲生病之后，他只一味担心我和母亲，担心我是否能好好工作学习，是否会太担心他，希望大家不要担心他，不要害怕他，不知道乔·布里恩有没有把木料运过来，告诉你妈妈把书桌左侧带锁的抽屉里的钱付给乔，钥匙就在右侧抽屉的最里面，叫她不要用那笔钱去买包，以及她每个月有没有检查单据，看看电力局有没有付全他的退休金，还有医疗保险有没有在自动付款。他总是在担心，但从不担心他自己。感谢上帝，我爱上的是鲍比，而不是会让他更加担心的人。他对鲍比满意得不得了。他们会一起坐在房间里，不说话，就看比赛，只是偶尔叫两声，欢呼两声，时不时发出啧啧声和叹息声。他们从来不需要用无聊的对话打发时间。鲍比和他一样，也喜欢和他共处一室。我觉得他们在彼此身边很轻松。

在我父亲去世之前没多久，他告诉过我过去的记忆已经理不太顺了。那是我第一次真切为他感到恐慌，我冥冥中有种预感。当时我和鲍比才刚结婚没多久。他去看了村子里一个新的家庭医生，她叫他享受一切自己喜欢的东西，不要去考虑吃什么有益健康，如果有心情的话，喝杯小酒也可以。她很善良，不仅对着他微笑，还轻拍他的手，但是她的话差点把他吓死，比区医院的医生说的恐怖多了。他们会告诉他肿瘤的尺寸，扩散的速度以及对器官的压力，还对他解释那个他要躺进去的机器是怎么运作的。他躺在里面，几乎全裸，孤身一人，四周封闭，他只能紧闭双眼，握紧了拳头，就好像要对那空心管的恐惧宣战。

我这下凉透了，他说。在从村子回家的路上，他坐在副驾驶座，看着窗外的阿拉山，那是他生活了一辈子的地方。唉，就这样吧。他轻轻地笑着。关于他的恐惧与悲伤，他只说了那几个字而已。我当时很害怕开口说话。我当时应该说，不，爸爸，你还可以战斗，你还可以活好多好多年，加油，拜托了，不要放弃。其实这些话或许并不用说给他听，而是说给我自己听的。对我所说的一切，我无话可说。

在爸爸的葬礼上，弗兰克来跟我握手，他盯着我的眼睛说，很抱歉给我添麻烦了。他还似乎对我笑了一下。我连谢谢都说不出口。上帝饶恕我，我当时满脑子就只有一个问题：死的怎么不是你呢，弗兰克？

　　鲍比总是看不见自己对人们的影响力，人们却总是在鲍比身上看见自己想看见的东西。鲍比看不见人们对他的态度。年轻小伙子的崇拜，建筑工的尊敬，还有当他带领着一队废柴进入荣耀之门时，那些在场外扯着嗓子大吼的老家伙们的婆娑泪眼。尽管如此，有人为你唱歌也好，和你喝酒也好，一起度过充满赞美和演讲的夜晚也好，有些人就是见不得别人好。他们会陶醉在你的失败中，在你跌倒的时候幸灾乐祸。这个夏天，我感觉每个人都是这样的。我看不见一点点善良。有一天，我在邮局排队，罗伯特在旁边蠕动着抱怨我没有洗澡，全身脏兮兮的，鲍比搞外遇的传言就像只断翅的乌鸦般四处流传，我还看到了一个塔利班茶话会的老太婆，一脸**兴高采烈**地盯着我。

　　人们说，伙计们，我们不该抱怨，看看那个年轻人被偷走的可怜女孩吧。人们说，难道我们不该悉数我们得到的福佑，至少我们还很健康？人们说，看看那个马洪家的可怜姑娘，就是鲍比的老婆，他不仅给她戴绿帽子，还杀了自己的亲生父亲，她不是还和他在一起吗。

那个他出轨的对象的孩子还被抓走了呢。那些人里，究竟有几个人是真正关心那个小男孩的？他不过是肖尼·沙纳汉二代生的小杂种。那女孩也不过是半路插进来的，一个长得还不错的小破鞋。在弥撒中为他祷告的时候，每个人说起他的时候都一脸严肃悲恸，人们还加入搜索队，包三明治，悲哀地摇着头，奉上帝的名，询问那个女孩还好吗，可在他们的内心深处，他们更担心自己的退休金、医保卡、工资、利润、福利金、邻居有自己却没有的东西，还有谁在申请什么补贴，有多少外国人得到批准进入自己的国家，他们的底线甚至不在我目力所及的范围之内。大家好才是真的好。空气里充斥着老生常谈那种浓郁的陈腐味道。我们都被拴在同一根绳子上。我们是团结的集体。我们会支持彼此。哦？真的吗？我们会吗？

那群塔利班茶话会的对鲍比和那个女孩的故事津津乐道。而且她的孩子还是肖恩·沙纳汉二代的，没想到吧！这不是三角恋吗！还是个正方形？哈哈哈！弗兰克的死讯肯定让他们激动到脑溢血。看看他！简直禽兽**不如**！谁能想到他能下贱到这种地步？这血案总是要发生的，那个父亲也是个乖僻的糟老头，上帝让他安息！耶稣啊，那些甜蜜多汁的丑闻差点没把这群血性寡淡的人喝饱到血栓。在邮局的队伍里，他们的眼睛闪闪发光。他们看着我，嘴里发出啧啧声，互相窃窃私语，还不时点头摇头，悉数着自己念珠上的福佑。他们想知道鲍比是否才是失踪孩子的生父。他们想知道是不是鲍比抓走那个孩子的。他们想知道自己之前怎么就没看出他是个疯子呢。可怜的池奥娜，她们说，就这么被卷进去了。可怜的池奥娜，他们嘴上这么说，但其实心里为我高兴，为了鲍比从伯克一家那里廉价购买的土地，为了土地上的精美小平房，为了那辆可以开着四处转悠的八缸大车。我的咳嗽快好了，已经不那么剧烈了。那个失踪的小男孩并没有像人们嘴里说的那样让他们看清现实，他不过是被放到那一长串可怕事件的末端，用来证明这个国家已经彻底被摧毁了，人们陷入永无止境的心碎，我们现在这样不是应该上电视吗，这里到处都是警卫。上帝啊，我竟如此乖戾。人们不过是害怕而已。我明白。

几天前，他们找到那孩子的时候，他的身上都是怪异的标记：五芒星、十字架、诗句还有裸体画，全都是用永久记号笔画的，就像疯子的文身一样。他穿着蜘蛛侠睡衣。头发都被剃光了；就像集中营里出来的小难民。玛丽·吉尔德知道这个故事的始末。不到一小时，整个村子都传开了。是她的丈夫吉姆找到这个孩子。他在一个帮忙搜查的人身上看出了点猫腻。但他没有证据，只有直觉。还有蒂米·汉拉汉给他提供了一点点证据证实了他的猜测。我们的蒂米，没想到吧！吉姆尾随那个家伙到了镇上的一个公寓里。吉姆没有叫人来帮忙，只是跟着那个人走进房门，小迪伦就在里面，坐在一个豆袋椅上看《建筑工鲍勃》DVD，那个胖胖的蒙台梭利老师坐在他旁边，正在喂他吃冷饮。吉姆一把抱起他就往门外走去，那两个怪胎拦都没拦他。除了身上的涂鸦和剃掉的头发，他一切正常。涂鸦可以洗掉，头发会长回来，他也会忘记这一切。愿他永远安好快乐，小宝贝。

　　我把这个孩子安全的消息告诉了鲍比，他什么也没说。只是透过后窗看着我们的小罗伯特，他正在努力抓住那只在澡盆里使劲儿扑腾的肥鸽，小嘴巴里发出欢快的尖叫声。鲍比的脸被泪水打湿。我只是说，噢，亲爱的，噢，亲爱的，还有什么要紧的呢？

　　除了爱，其他还有什么要紧的呢？

致谢

　　感谢：致安东尼·法雷尔和小人国出版社的所有人，特别是莎拉·戴维斯-戈夫和丹尼尔·卡弗里；致布莱恩·兰根、伊恩·麦克休和爱尔兰双日出版社的所有人；致玛丽安·冈恩·奥康纳；致最早的读者：弗朗西丝·凯利、德莫特·迪南、布莱恩·特雷西、保罗·芬顿、肖纳·纽金特、科纳·麦卡利斯特、布伦丹·赖安、卡梅尔·奥雷利、海伦娜·恩莱特、布莱德·恩莱特、玛丽·克雷明和凯瑟琳·麦克德莫特；致科纳·克雷明和加里·布朗的友谊和不懈的鼓励；致我的父母安妮和唐尼·瑞安，感谢他们付出的一切；我的妹妹玛丽，我的第一个读者和最热心的推广者；致我的兄弟约翰和侄子克里斯托弗，他们是我永远的骄傲；致我美丽的孩子们，托马斯和露西，给了我坚持不懈的恒心；致安妮·玛丽，我一生的挚爱。

图书在版编目（CIP）数据

旋转的心/(爱尔兰) 多纳尔·瑞安著；王琳淳译
-- 上海：上海文艺出版社, 2022
（多纳尔·瑞安作品）
ISBN 978-7-5321-7943-5

Ⅰ.①旋… Ⅱ.①多… ②王… Ⅲ.①长篇小说－爱尔兰－现代
Ⅳ.①I562.45

中国版本图书馆CIP数据核字(2021)第141406号

THE SPINNING HEART

Copyright ©DONAL RYAN, 2012

著作权合同登记图字：09-2019-102号

本书出版获得Literature Ireland资助，特此鸣谢。

发 行 人：毕　胜

责任编辑：曹　晴

封面设计：朱云雁

书　　名：旋转的心

作　　者：[爱尔兰] 多纳尔·瑞安

译　　者：王琳淳

出　　版：上海世纪出版集团　　上海文艺出版社

地　　址：上海市闵行区号景路159弄A座2楼 201101

发　　行：上海文艺出版社发行中心
　　　　　上海市闵行区号景路159弄A座2楼206室 201101 www.ewen.co

印　　刷：杭州锦鸿数码印刷有限公司

开　　本：880×1230 1/32

印　　张：6

插　　页：5

字　　数：80,000

印　　次：2022年1月第1版 2022年1月第1次印刷

ISBN：978-7-5321-7943-5/I.6299

定　　价：56.00元

告 读 者：如发现本书有质量问题请与印刷厂质量科联系　T:0512-52605406